Ràbia

Sebastià Alzamora

Ràbia

Tu que has rugit a Vitella
sense ràbia, gràcies per marcar-me
amb aquest llibre!

Proa

Proa
A Tot Vent

Primera edició: gener del 2022

Drets exclusius d'aquesta edició:
Raval Edicions, SLU, Proa
Diagonal, 662-664
08034 Barcelona
www.proa.cat

ISBN: 978-84-7588-916-0
DIPÒSIT LEGAL: B. 19.491-2021
Composició: Realització Planeta

Certificat PEFC
Aquest llibre procedeix de boscos gestionats de forma sostenible i fonts controlades
PEFC/14-38-00305
www.pefc.es

El paper utilitzat per a la impressió d'aquest llibre té la qualificació de paper ecològic i procedeix de boscos gestionats de manera sostenible.

Índex

Primera part

U

Era difícil obrir-se pas a la primera línia. Sobretot als capvespres, quan hi anàvem a passejar na Taylor i jo. Hi havia les terrasses plenes de gent, els banyistes que anaven i venien de l'arena al passeig marítim, els patinets elèctrics veloços que jugaven a esquivar-nos al darrer moment, els corredors que sortien a fer quilòmetres passeig amunt i avall, els negres que anaven de taula en taula intentant vendre bijuteria, rellotges, souvenirs. Les noies ja vestides per sortir de nit, els nois que se les miraven arrambats a les palmeres, braços plegats i somriures que volien ser incitadors, ulleres de sol posades nit i dia. La ferum de les gofres i de les graelles, les olors de crema solar, els perfums exagerats i el salobre, les parades de batuts, de gelats, de sucs i de begudes energètiques, la música electrònica i el reggaeton a tot volum. Converses que anaven a crits i parelles ja madures, o ancianes, que s'estimaven més beure sense dir-se res, concentrats cadascun en els seus pensaments o amb la ment en blanc, mirant i no mirant l'esplet de colors de la posta de sol damunt la línia de l'horitzó.

No calia passar-hi, i tanmateix hi passàvem cada dia. Al matí sí que anàvem al Parc de la Ribera, però el passeig de capvespre el fèiem per la primera línia. Crec que a na Taylor la distreia aquell xivarri, i a mi, al capdavall, també m'agradava. D'alguna manera m'atreia el contrast entre els ocres i els rosats del cel i els neons ja encesos dels locals, i d'alguna manera m'atreien també els hotels i els blocs d'apartaments de deu i dotze altures, al costat de les poques casetes de pescadors que quedaven a Bellavista. Alguns dels hotels tenien més de cinquanta anys i formaven part del primer esclat del turisme, però havien estat reformats recentment i tornats a presentar com a hotels boutique de quatre i cinc estrelles, amb una situació privilegiada a peu de platja. Els alemanys o els anglesos o els francesos o els italians que es deixaven seduir per les fotografies a internet pagaven per un hotel o un apartament de categoria alta, però després es trobaven allotjats en un edifici envellit i atrotinat per dins, i situat enmig d'una zona de botigues de tatuatges, table dance, puticlubs i biergartens. Era divertit veure els europeus jubilats d'alt poder adquisitiu, o els joves matrimonis amb criatures, sortint a passejar al capaltard amb parsimònia, envoltats de trilers, fulanes, camells, venedors de llaunes de cervesa, la majoria, per descomptat, disposats a robar-los la cartera o el bolso al primer descuit. Associava la primera línia, l'associo encara ara, amb un record: el d'un alemany que va eructar i va escopir, tot a la vegada, quan na Taylor i jo li passàvem pel costat.

Tanmateix no l'evitava, la primera línia, al contrari. Pensava que tal vegada toparia en Caminada, que de tant en tant es deixava caure per Bellavista i, quan ho feia, passava revista a alguns bars que jo també freqüentava, entre els quals el local d'en Miro. En Caminada era periodista, i sostenia que, en aquells locals, de vegades hi trobava material per als seus reportatges. Potser sí, o potser només hi anava a beure, i a mirar les noies. A mi m'agradava xerrar-hi, perquè era dels pocs a Bellavista amb qui podia parlar en català, i perquè li agradava na Taylor. Hi havia gent que se n'apartava, perquè molts tenen por dels gossos grans, però en Caminada li acaronava el cap i no protestava quan ella s'aixecava dreta i li posava les potes del davant damunt el pit, que era la seva manera de saludar els amics: i els amics, per a na Taylor, eren totes aquelles persones amb qui jo m'aturés a xerrar, ni que fos breument. En Caminada era un home alt, però na Taylor, quan s'aixecava, arribava quasi al metre vuitanta.

Si no hi havia en Caminada, el local d'en Miro sempre oferia altres al·licients. En Miroslav —però tots li dèiem Miro— i la seva dona, na Vera, eren serbis i feia una colla d'anys que s'havien establert a Bellavista. El negoci, només en feia un, d'any, que l'havien obert. En part era un bar, i en part també era un tattoo, una botiga de tatuatges, perquè tant na Vera com en Miro havien treballat abans en un d'aquests establiments. De fet, s'hi havien conegut. Ell era un home fort i tenia un aspecte que intimidava. Després, però, era de tracte agradable, no reia mai però procurava ser cordial. Ella tenia una bellesa vulgar i un somriure bonic, i oferia sempre uns pastissets molt dolços que acabava de treure d'un fornet elèctric. El local no tenia nom, o no recordo que en tingués, però oferia l'avantatge d'una petita barra instal·lada a una finestra, de manera que podíem prendre les consumicions al carrer. Això, a Bellavista i a l'estiu, era d'agrair sobretot al capvespre, quan minvava la calorada i bufava una mica de brisa. A més, els fumadors podien encendre tranquils les seves cigarretes. Jo havia deixat de fumar, però amb na Taylor estàvem millor al carrer que dins un bar. De dia servien cafè i l'acompanyaven amb un dels pastissets que feia na Vera, i que s'ha de reconèixer que li sortien deliciosos.

Aquell dia en Caminada estava d'un humor excel·lent, com per altra banda era habitual en ell. «Has vist aquests?», em va preguntar. Es referia a una colla d'alemanys, potser una vintena, homes i dones, que passaven per sota el carrer del Pernil, vint passes més amunt de la barra d'en Miro i na Vera, desfilant com una comparsa de carnaval. Anaven disfressats de nazis, a jutjar per les gorres militars que lluïen al cap, amb àguiles i calaveres de llautó incrustades. També duien aquests mateixos símbols estampats en unes banderes negres i en una pancarta amb la qual simulaven la capçalera d'una manifestació, i on també s'hi llegien unes lletres: Waffen SS. Anaven gatíssims, reien i cridaven. Duien un altaveu connectat a un mòbil i feien retronar la música a un volum endimoniat. Les dones anaven vestides amb pareos, la majoria duien la part de dalt del biquini, però n'hi havia dues o tres que ensenyaven els pits. Els homes anaven amb les bermudes i les xancletes, i molts duien també el pit descobert, o camises hawaianes desembotonades. La calor era humida, enganxosa, i feia dies que durava. Dos dels homes, a més de la gorra nazi, duien també uns sostens amb uns pits femenins de broma, molt grossos, i els feien botar al ritme de la música mentre engolien cervesa o se la tiraven per damunt el cap i els pits postissos. «Com a *Watchmen*», vaig dir. «*Watchmen*?», va repetir en Caminada. «Un còmic dels anys vuitanta», vaig contestar, «després se n'ha fet una pel·lícula i una sèrie de televisió, però el còmic original era millor». «Ah», va respondre en Caminada.

Alguns dels membres de la comparsa es van aturar al Deutscher Kiosk, un petit supermercat que en aquella època de l'any estava obert les vint-i-quatre hores i on els alemanys solien comprar fruita, tabac, condons i alcohol. Les botelles, després de buidar-les, quedaven tirades pel carrer, o a l'arena de la platja, juntament amb les restes de fruita i els condons usats. Hi havia uns esglaons per entrar i sortir del Deutscher Kiosk, i un dels que duien els pits de broma hi va ensopegar i va caure a terra tan llarg com era. Va escampar la cervesa, que va bombollejar breument i es va evaporar damunt el paviment reescalfat. També li va caure una bossa de préssecs d'aquests que en diuen paraguaians, que van rodolar; no tardarien a ser esclafats per la gentada i el trànsit. El nazi de pega caigut davant del Deutscher Kiosk i els seus companys i companyes que l'envoltaven van restar aturats enmig de la via gesticulant i morint-se de riure, amb la música a tot volum, fins que van generar un embús del qual no van ser conscients fins que no van començar a sonar els clàxons. Aleshores van ajudar el seu amic a posar-se dret i van continuar el seu camí, ballant i rient, i obstruint el pas dels vehicles. Sens dubte es dirigien al Megapark, una discoteca a cel obert que es trobava a no més de dos-cents metres del carrer del Pernil, on podien beure tota la nit i tenien actuacions de cantants i grups que havien sortit als concursos musicals de la tele alemanya.

«Són una cosa extraordinària», va celebrar en Caminada, mentre perdíem la comparsa de vista. Nosaltres érem a la part de baix del carrer Bartomeu Salvà, que era el nom vertader del carrer del Pernil, anomenat així perquè més amunt hi havia un bar, el San Siro, que tenia a la façana un neó que representava la silueta d'una cuixa de porc. Per algun motiu els carrers d'aquella zona tenien noms religiosos, o bé extrets de la història de l'imperi romà. Convivien la Missió de Santa Bàrbara, el llac Trasimè, el general cartaginès Anníbal o la Missió de San Diego, en una mescla d'episodis històrics sense raó de ser. El punt de referència del carrer del Pernil era un biergarten de grans dimensions anomenat Bierkönig, que també treballava les vint-i-quatre hores, servint gerres de cervesa i salsitxes a la planxa. Aquella part del carrer era només per a vianants. De cop i volta, tan aviat com es van allunyar els alemanys de la comparsa nazi, van aparèixer davant del Bierkönig un grup de negres proveïts de timbals, i van iniciar una furiosa batucada. Al Niagara, que era la terrassa que hi havia al davant del Bierkönig, les famílies prenien una copa abans d'anar a sopar. Alguns es van mirar divertits l'arribada dels negres amb els instruments de percussió, d'altres ho van fer amb disgust. Un dels al·licients per anar al local d'en Miro era la música: hi podies escoltar des de John Mayall fins a David Bromberg, des de Cécile McLorin Salvant fins als Beasts of Bourbon. Però si al carrer es posaven pesats amb les batucades, l'encant de la música —que era escollida per na Vera i en Miro— es perdia sense remei.

A la barra, en Paco intentava explicar a na Bali com es guanyava la vida. L'atenció d'en Caminada es va desviar cap a aquella conversa, i se n'hi va endur també la meva, tot i que jo ja sabia a què es dedicava en Paco. Restaurava mobles, i també portes i persianes, als xalets dels alemanys rics, els del Verí, una zona que s'havia repoblat amb estrangers adinerats una vegada en van haver estat erradicats els pescadors i els trencadors de marès que, antigament, treballaven a la pedrera. Anava on el demanessin amb les seves eines, que principalment eren draps, paper de vidre, un joc d'espàtules, gasoil i oli de llinosa, i es posava a rascar la fusta envellida de la superfície que calia tornar a la vida —o, si més no, a un aspecte presentable. Rascar i untar, rascar i untar. Com que sempre hi havia més feina amb portes i persianes que no pas amb mobles, resultava més pràctic que en Paco es desplacés a la casa en qüestió que desmuntar les peces per endur-se-les. A més, en Paco tampoc no tenia un vehicle per transportar-les: hauria hagut de manllevar-lo, i això ho complicava tot. No podia llogar-lo, el vehicle, perquè, en un judici ràpid per alcoholèmia, la jutge li havia retirat el carnet per dos anys, i d'això encara no en feia ni vuit mesos. A més, en Paco ja tenia antecedents, de quan havia estat a la presó per haver agredit un gitano de la Banya. Aquesta història sí que la coneixíem na Bali i jo, i tots els habituals del local d'en Miro, però en Caminada encara no la sabia. «Explica-li això a en Caminada», va riure na Bali. Aleshores na Taylor se li va acostar i li va fregar el cap als genolls, com solia fer quan na Bali reia. A na Taylor li agradava el riure de na Bali, que era un riure fresc, i li agradava que hi hagués alegria al seu voltant, i ho agraïa fregant el caparrot per les cames o els genolls de les persones. A na Bali també la complaïa que na Taylor li fes cas, i la corresponia acaronant-la, o fent-li pessigolles sota el coll o darrere les orelles, i dient-li paraules amables, com qui es dirigeix a un infant. Aleshores, na Taylor mig tancava els ulls grans i obscurs, i s'espolsava contenta. En general, per a mi les persones es podien dividir entre aquelles que acceptaven de bon grat que na Taylor els fregués el cap per les cames o els genolls, i aquelles altres que ho trobaven molest. A mi, per altra banda, també m'agradava el riure de na Bali.

«Estàs boja, què vols que li expliqui a aquest home», va protestar en Paco, però al cap d'un moment ens va tornar a contar la història, perquè era la millor que tenia. Com que va ser addicte bastants d'anys a la cocaïna, es va convertir en un assidu de la Banya. Aquell grapat de xaboles era, com sabia tothom, el punt de referència de la distribució i venda de drogues a l'illa, tot i que a Bellavista també hi havia els locals d'en Cursach, com el Megapark, o els dels germans Pascual, com el Bierkönig o el San Siro del carrer del Pernil. Ho sabia també la policia, que estava comprada fins al punt que els agents feien feina per a ells, i s'ocupaven de treure de circulació els traficants espontanis que tenien l'ocurrència d'intentar instal·lar-se a la zona. A Bellavista, fins el més humil dels camells i fins el darrer gram de coca havien de comptar amb el vistiplau dels Pascual o d'en Cursach, depenent de quins carrers parléssim, perquè se'ls havien repartit, després de bastant de temps de disputes. Ara bé, els gitanos de la Banya eren una altra cosa. Les xaboles eren el gran supermercat de la droga, i fins i tot en Cursach i els Pascual sabien que havien de respectar-lo, si no es volien veure emmerdats en una guerra amb els gitanos que no els reportaria cap benefici, i sí un munt de maldecaps.

Naturalment, tot això en Caminada ja ho sabia. «Però conta-li la teva història», va insistir na Bali, que va tornar a riure i a gratar les orelles de na Taylor. I en Paco es va posar per fi a explicar com, una nit que havia acudit a la Banya a cercar material, es va barallar amb uns gitanos i els va acabar atropellant amb la furgoneta, perquè en aquella època sí que conduïa una furgoneta. Recordava detalls d'aquella nit, en Paco, com ara que hi havia una cua molt llarga de cotxes al camí sense asfaltar que duia al poblat, i que —com sempre— n'hi havia de tot tipus: cotxes barats, cotxes plens d'estudiants, i cotxes de gamma alta conduïts per gent amb diners. Al poblat també se n'hi movien molts, de diners, i era sabut que dins moltes de les xaboles, sota les rajoles o dins els matalassos, els gitanos hi guardaven els feixos de bitllets. «La Banya és un espai de democràcia, posa tothom al mateix nivell», va bromejar en Caminada, i en Paco es va esforçar per mig riure però na Bali va mirar en Caminada i en Paco com si els faltés un bull.

En Paco recordava més coses, com ara que es veien tot d'estels al cel, i que fins i tot havia vist un estel fugaç. Recordava també una olor de nit i de terra banyada, però en canvi —a pesar que s'hi havia esforçat— era incapaç de fer memòria del motiu pel qual s'havia discutit amb els gitanos. Recordava només que va pujar sulfurat a la furgoneta, que la va engegar, que els gitanos no sortien del davant, i que estaven drets al costat d'uns bidons metàl·lics encesos —a la Banya hi havia sempre bidons metàl·lics encesos—. Que va accelerar a fons, que les rodes van aixecar un nigul de pols i grava, que va veure caure els bidons i els dos gitanos i que podia sentir els crits i els insults mentre fugia de pressa, sense encendre els llums expressament, perquè no li veiessin la matrícula. Que quan va arribar a casa dels pares —en Paco ja no era jove, però passava intervals, de vegades llargs, al domicili familiar— ja l'esperava la policia, i que tan bon punt com va baixar de la furgoneta li van requisar la cocaïna i el van fer pujar al furgó policial. Que se'l van endur emmanillat, i pel finestró del furgó podia veure el pare que feia que no amb el cap i la mare que plorava damunt la vorera, i que va estar dos dies al calabós fins que li van fer un judici ràpid, sempre li feien judicis ràpids, i va haver de complir un any i tres mesos de presó —va sortir abans del que li tocava, per bon comportament— per intent d'homicidi. No tot havia estat dolent, tanmateix, afirmava en Paco, perquè l'estada a la presó li havia servit per desintoxicar-se, i d'aleshores ençà ja no havia tornat a esnifar cocaïna, tot i que l'alcohol no, que no l'havia deixat, i això li havia costat dos anys sense carnet de conduir. I per aquest motiu, el més pràctic era que fos ell qui es desplacés fins als xalets del Verí a restaurar les portes i les persianes, rascar i untar, i també algun moble, tot i que, a ell, el que li agradava era fer talla. «Talla? Talla de què?», va preguntar na Bali. «Talla de fusta», va contestar en Paco. «Per a això em vaig preparar, jo», va afegir, i na Bali va esclatar en rialles i repetia: «Preparar, es va preparar». Aleshores en Caminada va dir que estava molt bé la feina que feia en Paco, i que amb el temps podia arribar a tenir un taller de talla. I en Paco, circumspecte, va respondre que feia més de deu anys que el tenia, el taller, però que no l'havia cuidat gaire.

El va interrompre na Bue, que sortia de la part dels tatuatges (de «l'obrador», com li agradava dir-ne a na Vera), de fer-se'n un: tres roses amb les punxes sagnants a l'espatlla dreta. El vermell de les roses i de la sang ressaltava damunt la pell negra de na Bue. «Et queda fantàstic», ho va celebrar na Bali. Na Vera, que era l'autora de l'obra d'art, va sortir de l'obrador estarrufada com una gallina, disposada a rebre elogis ella també per la seva feina. Els va rebre, a càrrec meu, d'en Caminada, de na Bali i d'en Paco. Fins i tot en Miro va somriure i es va aturar un moment de servir cerveses i xupitos. «Un altre tatuatge, Bue?», va preguntar. Na Bue va obrir els braços i va girar damunt ella mateixa. Duia només una camiseta sense mànigues i uns pantalons curts i se li veien els tatuatges que tenia entre els omòplats —un petit bou, en honor al seu nom, de color rosa— i al panxell de la cama esquerra —un Cor de Jesús, en honor a la seva mare, que n'era devota—, a més del que s'acabava de fer. «Encara em queda molta superfície disponible», va contestar a la pregunta d'en Miro. «M'inspira, és la meva musa», va cloquejar na Vera. «No t'agrada, la negra?», em va xiuxiuejar en Caminada a cau d'orella, i va esclafir el riure. En Paco li va demanar a na Bue si li podia fer una foto amb el mòbil, perquè esculpiria, a partir de la seva imatge, una marededeu negra i tatuada: la faria amb fusta d'ullastre, que era la més resistent, com la mateixa Bue. Na Bali va tornar a riure, i jo vaig tornar a pensar que tenia un riure ben bonic.

Al matí següent, la banda sonora mentre posàvem l'arnès i la corretja era el Concerto grosso en re menor de Telemann. Escric «posàvem» perquè rarament na Taylor em permetia que li col·loqués l'arnès de manera tranquil·la i convinguda, com fan la majoria de gossos. Per a na Taylor, enredar amb l'arnès formava part del ritual del passeig: del passeig matinal, només, perquè després, quan sortíem d'horabaixa, no ho feia. El cas és que començàvem el dia repetint la mateixa maniobra: jo estenia l'arnès obert damunt el terra de la galeria de casa, i mirava d'atreure-hi na Taylor perquè hi fiqués les potes, o si més no una de les potes, del davant. Aleshores era el moment de passar-li l'arnès amunt, o de mirar de ficar-hi la pota que n'havia quedat fora, cosa que no era tan fàcil, atesa la seva habilitat per esmunyir-se i deixar-me amb l'arnès a les mans. «Taylor, cussa idiota», li deia jo, i ella m'observava amb la displicència de qui s'agrada en una determinada situació i l'allarga. Era bo per a mi posar-me música, com el concert de Telemann, fins que aconseguia completar la maniobra, cloure les tanques de l'arnès i subjectar-hi la corretja. Podien passar entre un i sis minuts, segons el dia, i ho sé perquè vaig arribar a comptar-ho amb el rellotge. De vegades fins i tot tenia temps de prendre alguna nota. Aquell dia, per exemple, mentre na Taylor feia el ronso davant l'arnès, vaig apuntar a un paper d'un compte del súper (sempre he escrit notes als comptes del súper) una cosa que li havia sentit dir feia uns dies a qualcú, en algun lloc, i que m'havia tornat a la memòria: «No són els morts, que fan nosa».

A causa de la pols africana, l'aire i la llum del sol s'havien convertit en un oli que irritava els ulls i s'engorgava al coll. Vam prendre cap amunt com cada dia, per arribar al Parc de la Ribera, tot i que dir-ne parc no deixava de ser un excés de bona voluntat. En realitat es tractava d'un pinar que havien tancat amb trams de paret de marès, alternats amb d'altres de reixeta. Estava envoltat per una successió de blocs de pisos, als baixos dels quals es multiplicaven les botigues de souvenirs, els locals de tatuatges i les barres americanes, que descansaven de dia i obrien de nits. Al fons, una platja desmaiada i sense relleu.

Com a pinar, el del Parc de la Ribera també era lleig. De pins n'hi havia molts, i espessos, però en comptes de lluir se'ls veia macilents, massa prims, i el terra del parc era una extensió d'arena sembrada de pinyes i encatifada amb fullaca de pi. Les arrels dels pins s'estenien fins més enllà dels límits del parc i aixecaven grops a les voreres i al paviment. El conjunt desprenia deixadesa. Molts només utilitzaven el parc com a drecera per arribar al centre comercial que hi havia a la part oest, o bé com a punt de trobada estratègic, sobretot de matinada. De nit el parc estava tancat però era fàcil saltar-ne les parets, i la reixeta estava esbotzada en més d'un tram i mai l'ajuntament es va prendre la molèstia de reparar-la. En general, l'ajuntament i les autoritats no es prenien mai cap molèstia amb Bellavista: tothom hi construïa, hi mercadejava, hi delinquia i hi entrava i en sortia com li venia de gust. Si algú arribava a Bellavista i tenia problemes amb la policia, volia dir només que no era prou ric per subornar-los amb diners, amb droga o amb prostitutes.

A mi m'agradava la zona infantil. Amb la temporada turística s'hi instal·laven, al Parc de la Ribera, unes atraccions que incloïen uns cavallets, un quiosc on es podien pescar ànecs de goma i un castell de llits elàstics, per pegar-hi bots. A un racó d'aquell espai hi havia un bust amb peanya dedicat a un prohom feixista, un de tants monuments de la dictadura que encara pervivien, però ningú en feia cas. Na Taylor i jo solíem arribar a l'hora que els homes que operaven els cavallets posaven en marxa la maquinària. Eren un home gras i un altre de magre, que fumaven constantment i que tenien aspecte de poca salut, com sol succeir amb els homes que treballen a les atraccions infantils.

Quan els cavallets es posaven en funcionament, sonaven pels altaveus unes botzines enregistrades i, tot just a continuació, alguna cançó de moda, i s'encenia una considerable parafernàlia de llums de colors. En dic cavallets, però el que hi havia en aquella roda eren rèpliques a escala menuda de cotxes i camions, cadascun d'ells amb cabuda per a un o dos infants. Tan aviat com sonaven les botzines, es produïa un moviment d'infants i pares que s'apropaven, atrets per les llums i la musiqueta. M'agradava comprovar que el sistema per colcar a l'atracció no havia canviat en les quatre dècades que havien transcorregut des de la meva infantesa: es tractava d'adquirir una fitxa que donava dret a un viatge. «On va?», preguntava una veu que encara no xerrava clar, quan tots els infants havien pujat al seu cotxe o al seu camió i s'hi havien acomodat. «Enlloc», responia la mare, «l'has de donar al senyor, quan passi». L'home gras venia les fitxes i el magre les arreplegava, funcionava d'aquesta manera. «Quan es posa en marxa?», preguntava una altra veu de criatura. L'atracció es deia Rally 3000 —són curiosos els detalls que reté la memòria— i era molt bonica, amb colors vermells, blaus i blancs, i una sanefa a la part superior amb dibuixos d'animals i personatges de Disney.

Després na Taylor es va començar a moure per damunt l'arena amb certa inquietud: senyal que es disposava a defecar, com solia fer quan passàvem pel Parc de la Ribera. El gest quotidià de treure la bosseta, posar-me-la a la mà a manera de guant i recollir els excrements em va suggerir, just aquell dia, uns versos que vaig retenir en una nota mental. Deien: «L'illa m'és igual. / Pots enfonsar-la però després sura, / com una merda». No mereixien ser recordats, però el fet és que sé que ja no em fugiran de la memòria.

Els crits dels infants arribaven mesclats amb la música dels cavallets i una olor agradable, de plàtan madur. Na Taylor em mirava amb un punt de compunció, com si em demanés disculpes per obligar-me a fer aquella feina. Era de bona pasta, na Taylor, i això, paradoxalment, ens generava més d'un conflicte: alguns no esperaven que un animal tan gros pogués tenir intencions amistoses, i reaccionaven amb por. Era lògic, no vull dir una altra cosa. Ho pensava mentre dipositava la bosseta amb els excrements a la paperera per a mascotes que, curiosament, a algú se li havia acudit d'instal·lar al Parc de la Ribera. Aquella paperera posava encara més en evidència les mancances que havíem de sofrir els usuaris del parc, pel que feia a la neteja. Les llaunes i les botelles de cervesa, de refrescos o de begudes isotòniques, les llosques i puntes de cigarret, els paquets buits de tabac, les capses de pizza amb restes de menjar, els tampons, els condons i les compreses usades s'acaramullaven en petits abocadors disseminats arreu del parc. Encara havíem d'agrair que anys enrere se n'hagués fet sortir els ionquis, que d'aleshores ençà acudien a punxar-se a les pistes del frontó i el tenis, tres carrers més enllà. Però igualment el lloc era hostil per als usuaris dels llits elàstics, per als afeccionats a la pesca d'ànecs de goma i per als tripulants dels cotxets del Rally 3000. També, no cal dir-ho, per als contemplatius passejadors de gossos. Però comptàvem, això sí, amb una esplèndida paperera per dipositar-hi els residus de les nostres mascotes, a pesar que l'havíem de compartir amb tots els que la usaven com a cendrer.

De sobte va aparèixer en Kiwi, el yorkshire nan que desmentia els problemes de sociabilitat de na Taylor. En Kiwi no podia pesar gaire més d'un quilo, pels quasi quaranta que feia na Taylor. Devia el nom al seu aspecte, arrodonit i pelut, amb un serrell que li tapava els ulls i que efectivament feia pensar en la fruita. Posar-li aquest nom havia estat un encert de la seva mestressa, una jove morena, simpàtica, que parlava en castellà amb accent de Còrdova. Quan ja feia temps que ens saludàvem, obligats per l'amistat que es professaven els nostres gossos, em va semblar que ja era tard per demanar-li com es deia. Ho hauria d'haver fet abans, pensava, i demanar-li-ho ara seria descortès. D'aquesta manera em vaig quedar sense saber com es deia, i ella tampoc va saber mai el meu nom, probablement pel mateix motiu. Quan ens trobàvem, en Kiwi es posava tan content que es tirava d'esquena damunt l'arena del parc, panxa enlaire, i na Taylor el llepava i li feia pessigolles amb el morro. Més d'una vegada en Kiwi arribava a orinar-se al damunt, a causa de l'alegria i l'excitació que li agafava. La mestressa d'en Kiwi i jo somrèiem, i sovint na Taylor deixava un moment de banda el seu amic, s'acostava a la mestressa i la saludava també. Dreta, era quasi tan alta com la noia, i li posava les potes del davant damunt les espatlles, i això feia riure la mestressa d'en Kiwi. «És l'amiga de tothom, na Taylor», solia dir. També recordo que un dia em va preguntar si li havia posat Taylor per la Taylor Swift. «Per qui?», vaig preguntar jo. És cert que en aquell moment desconeixia de qui em parlava, però penso que vaig quedar com un individu antipàtic.

Ens vam acomiadar, vam deixar enrere l'àrea infantil i la glorieta que servia de terrassa a dues cafeteries i ens vam disposar a abandonar el Parc de la Ribera. A la sortida, ens vam haver d'aturar per deixar passar un minusvàlid en una cadira de rodes elèctrica que duia quatre banderes espanyoles, dues al davant i dues al darrere. Davant nostre, al final del pendís que feia el carrer, encaixats entre els blocs de pisos, s'entreveien un tros d'horitzó, diluït dins el cel granulat, i una llenca de mar llisa i pastosa. Va ser aleshores que vaig decidir caminar una estona més, en direcció a la pedrera.

Sortint per un dels vials de servei que connectaven el nucli urbà amb l'autopista, es passava pel costat de la pedrera, que d'un temps ençà sortia amb freqüència als mitjans de comunicació locals, perquè se'n queixaven els veïns. Davant de les cases on vivien, i en altres punts que fossin visibles des de l'autopista pels cotxes que hi passaven, havien penjat pancartes amb eslògans: «Volem respirar», deien, i més coses per l'estil. Eren missatges concisos i angoixats. Denunciaven que la pedrera operava com a planta de sòl-ciment sense tenir els permisos necessaris per fer-ho; a més, a la planta d'extracció s'hi feien també, d'amagat, tasques de trituració. S'hi capolava de tot: ferros, filferros, enderrocs, uralita, electrodomèstics, piles, qualsevol cosa. Tot el dia hi entraven i en sortien els camions que hi duien runa i que se'n tornaven carregats amb pols de ciment: la mateixa pols que s'escampava pels voltants i ho tapava tot, cases i conreus, amb gruixos de fins a dos dits. També es filtrava dins la terra i diluïa metalls pesants polvoritzats dins l'aqüífer que donava aigua a tota la zona. A la llarga, això suposaria l'enverinament de l'aigua consumida pels veïns de Bellavista. Tanmateix, amb deu anys que passessin n'hi hauria prou per difuminar responsabilitats. Els governants ja no serien els mateixos, els empresaris haurien invertit els diners, o els tindrien en algun paradís fiscal, i els morts serien morts. Els denunciants eren un grup de particulars que vivien en cases a banda i banda d'una autopista, és a dir, ningú. O menys que ningú. La cobdícia dels conciutadans —fins i tot d'aquells que, a la pedrera, no hi tenien res a guanyar— era més poderosa que les seves reclamacions. Vaig contemplar el forat de la pedrera, un cràter invertit d'unes dimensions que reduïen les dues excavadores que en pujaven i baixaven les parets a les mides de dues joguines. Si aquell cràter mai arriba a escopir foc, ho farà dins el ventre de la terra. Cremarà l'illa per dins i en rostirà l'ànima. I de l'interior del cràter en sortiran els gegants, que hi han viscut adormits durant milers d'anys damunt els seus llits de plaques tectòniques, i tornaran per regnar damunt la Terra.

Vam passar de llarg la pedrera i les cases, i també un camp de golf que hi havia a tocar de l'autopista, i vam continuar una bona estona, fins que vam arribar a un caminal sense asfaltar. A mesura que el seguíem s'anava esmorteint la remor del trànsit, que en un moment o altre va deixar de sentir-se. El caminal feia una mica de pujada, i d'allà dalt, tot i que encara vèiem els edificis i la mar, Bellavista apareixia llunyana i borrosa, un miratge, una incertesa.

Com que no es veia ningú a prop, vaig treure la corretja a na Taylor, que es va posar a córrer, contenta. Al voltant nostre hi havia finques, sementers, parcel·les que havien estat de conreu. La majoria es veien abandonades, envaïdes per les herbes; unes poques, llaurades i sembrades d'arbres fruiters, tenien encara qui se'n cuidava. De tant en tant apareixien detritus tirats a les voreres: envasos de brioixeria industrial, paquets de cigarrets buits. També ens vam topar amb dos petits abocadors, un de mobles i runa, i un altre d'electrodomèstics vells. La quantitat d'aquests rastres es reduïa a mesura que continuàvem la marxa, i descobríem que el caminal es ramificava en una petita xarxa de camins, dibuixats d'acord amb els perímetres de les finques. Algunes d'aquestes finques no tenien casa; a d'altres havien ampliat antigues casetes d'utensilis per convertir-les en habitatges, o hi havien construït xalets, sempre il·legalment. Algunes d'aquestes edificacions es veien habitades, tot i que la majoria devien servir als seus propietaris com a segones residències, llocs on passar caps de setmana, o bé on organitzar dinars o festes. Vaig intentar fer memòria de quant de temps feia que no anava jo a una festa o a un dinar amb gent, i em va sorprendre perquè vaig aconseguir recordar-ho i feia encara més temps del que m'hauria pensat. Vaig veure que na Taylor sortia del camí i es ficava dins una de les parcelles, hi havia un sembrat alt —crec que era blat— i la vaig perdre de vista. La vaig cridar perquè tornés cap a mi: va fer com si no em sentís, però vaig veure, a mitja distància, unes perdius que sortien volant, i em va fer gràcia que na Taylor precisament, la més casolana de les gosses, intentés exercir de caçadora. La vaig observar com tornava: va agafar un lateral de la parcel·la, on no hi havia res sembrat, i es va posar a córrer ben de pressa, pletòrica. Damunt nostre, no gaire amunt, una milana sobrevolava parsimoniosa l'indret a la recerca d'algun poll o d'algun conill que li servís de presa. La lentitud amb què es movia li concedia misteri, com si en comptes de volar estigués penjada del cel, o d'ella mateixa.

Allà, als camins, també hi feia calor, però no era pesada com a Bellavista, amb la gentada i la proximitat del mar. Hi feia bon estar i era agradable caminar sense meta, només pel gust de seguir caminant. Vam trobar una finca amb el portal tancat: tenia una reixa desmesuradament alta i ostentosa, i un sistema de seguretat per càmeres anunciat als quatre vents. A banda i banda de la reixa s'aixecava un mur amb pilastres, i un rètol amb un fons de flors de lis i unes lletres daurades que deien: Bellavista Club Privé. Bellavista, platja i balneari, era el racó de l'oci dels europeus joves, pobres i borratxos, i també dels europeus vells, rics i viciosos.

Em va arribar el so dels picarols d'unes ovelles, i al cap d'uns moments les vaig veure, de lluny, que pasturaven dins un sementer. Ja ho sabia, que hi havia ramaders i pastors a prop de Bellavista, però igualment la trobada em va fer gràcia, perquè em va transportar a certs moments de la meva infantesa.

Tot d'una, van aparèixer dos gossos que van anar directes cap a na Taylor. Em vaig maleir uns instants per haver-la deixat a lloure amb tanta despreocupació. Vaig pensar que hi podia haver brega, i la vaig tornar a cridar. Ella, però, va fer cas omís: estava aturada en un revolt, al costat d'un esbaldrec de la paret seca que tancava la finca, i la seva atenció estava concentrada en els dos nouvinguts, que s'hi van acostar i es van posar a ensumar-la.

«No passi ànsia, són mascles i la seva és femella», va dir una veu d'home. El pastor era un home menut i prim, la gorra al cap i el puret a la boca, com si volgués representar un arquetip. Se'm va acostar: la gorra era de propaganda d'una marca de pinso, i duia una petita arracada a una orella. «Els mascles i les femelles no es barallen, i com que tampoc és temps de zel, no hi ha problema», va somriure. «Pau! Miquel!», va cridar, i els dos animals immediatament varen creure i varen anar al seu costat. Na Taylor també va venir cap a mi i la vaig rebre agafant-la per les galtes i remenant-li el cap. «M'has fet passar ànsia, Taylor», vaig dir. Em va divertir que els gossos del pastor es diguessin Pau i Miquel, i li ho vaig comentar. «La seva cussa també té nom de persona, no?», va contestar ell, somrient. Em vaig quedar parat perquè tenia raó, però me n'havia oblidat.

El pastor es deia Ramon, i crec que li vaig caure bé perquè em va moure conversa. Em va explicar que tenia seixanta-vuit anys, dels quals n'havia passat més de seixanta pasturant les ovelles per aquell redol. Havia viatjat en dues ocasions, una a Màlaga i una altra a Roma, les dues vegades a causa d'una dona (però no la mateixa dona, va voler puntualitzar). També em va felicitar pel que va qualificar, en referència a na Taylor, com «una cussa ben educada». «Gràcies», vaig respondre, i em vaig interessar per en Pau i en Miquel, que, a banda d'estar atents al mínim gest d'en Ramon, eren dos gossos afectuosos i simpàtics. «Són border collies», em va informar l'home. «Abans sempre teníem cans de bestiar, però aquests també són molt bons». Mentre ell parlava, en Pau, en Miquel i na Taylor es feien festes.

Va treure un encenedor de la butxaca i va donar foc al puret, que se li havia apagat. «Molta gent no en sap, de tenir cans». Sense que jo digués res, em va contar que sovint hi havia gossos que fugien dels xalets i les cases. «Els amos venen només els caps de setmana, o ni això, i els cans passen gana, o es troben sols, o jo què sé. A les nits, els sento que ploren i udolen». Li vaig preguntar si també pasturava el ramat, a les nits, i em va explicar que, els mesos de bon temps, sempre ho feia. Sota un garrover, o a recer d'alguna paret, treia les pedres, aplanava el terra, s'hi feia una mica de seient, i hi dormia un parell d'hores, potser tres. Després, quan el sol ja era alt i massa fort, anava a descansar a casa seva, una casota vella i mig esfondrada a prop de Bellavista. Això em va impressionar, però ell no hi donava gens d'importància. Va reprendre el fil: «Arriba que els cans, cansats de plorar i udolar, boten la paret i fugen. I aleshores ronden per aquí i ataquen les ovelles, i quan això passa és un desastre». Li vaig preguntar si li havia succeït. «Tres vegades», va assentir. «El govern et dona una quantitat per cada ovella morta, però per demanar-la primer has de localitzar l'amo, cosa que no sempre és possible, i després l'amo ha de voler reconèixer que el seu ca ha causat la destrossa. Molts no ho volen admetre, s'ho prenen com una ofensa. Ara tothom s'ofèn per tot, tot el sant dia», va remugar. Després calia presentar una instància a l'administració, que assignava un tant per cada ovella morta. Va comentar alguna cosa sobre la conveniència que les ovelles estiguin controlades amb el xip que els injecten a l'estómac. «I tanmateix», va estossegar, «encara que et donin l'ajut, el mal ja està fet. Una vegada els cans han atacat una guarda, ja no és possible tornar-la a compondre». Va fer una pausa, després va continuar. «Una guarda és el resultat d'un procés, els animals es van fent, i quan s'han fet tens la guarda. Si de cop venen unes feres i l'ataquen, no pots substituir les ovelles mortes com qui canvia qualsevol cosa», i va assenyalar l'esbaldrec a la paret seca. Em va cridar l'atenció que hagués utilitzat la paraula «feres», per referir-se als gossos. «És el que et deia, si no se saben tenir...». Es va interrompre per tossir. «Quan han fet sang una vegada, després sempre en volen més». Va comentar que l'animal que mai podia convertir-se en una fera eren les ovelles, ell n'havia tingut alguna com a mascota. «Et segueixen a tot arreu, igual que un canet». Se li va enfosquir el semblant: «un anyell, pots tallar-li el coll i no intentarà fugir, tan sols no dirà res».

Darrere seu hi havia un tancat amb figueres,

i més enllà de les figueres, majestuosa, una gran alzina. A prop de l'alzina, una cabana feta de pedres, amb el sostre de volta, que em va cridar l'atenció. «Jo sempre he sentit que en diuen barraques», va afirmar en Ramon. «Les feien els roters, els pagesos que conreaven les rotes a canvi de donar una part de la collita al senyor de la finca», em va explicar. «Són el que veus: pedres posades una damunt l'altra, i al damunt de les pedres una jàssera i un sostre de troncs, després un altre sostre de pedres i tot tapat amb terra de call vermell». Vaig comentar que trobava sorprenent que una cosa tan austera resistís tan bé el pas del temps. «Sí que aguanten», va fer en Ramon, amb indiferència. En Pau i na Taylor, mentre xerràvem, havien establert un joc que consistia que ella sortia corrents pel camí i ell la perseguia; quan aconseguia agafar-la, tornaven junts on érem nosaltres. L'altre gos, en Miquel, no es movia del costat d'en Ramon i els observava.

La inclinació del terreny em va permetre distingir, a prop de la barraca, una espècie de plataforma circular, d'un diàmetre com el centre d'un camp de futbol, que sobresortia una mica de l'herbam. «N'hi ha dues més com aquesta, cap allà», em va informar en Ramon, quan la vaig assenyalar. «Són de la guerra, eren bateries antiaèries». Em vaig exclamar, però a en Ramon el va sorprendre que jo em sorprengués; ell ho trobava perfectament lògic. «Si venien avions o avionetes de la Península, el més fàcil era que entressin per aquí, a través de la badia», m'explicava, pedagògic. «Posaven les metralladores pesades, o els llançaobusos, o no sé què llamps feien servir contra els avions, damunt d'aquestes plataformes, amb un peu giratori, i vinga disparar».

Ja no arribaven avionetes, sinó avions carregats de turistes que venien a emborratxar-se damunt les restes de la Guerra Civil, vaig pensar, però no vaig dir res. «En aquell casetull hi tenien el polvorí», va indicar en Ramon, apuntant amb el dit. A poca distància de la plataforma es veia una caseta, que jo hauria dit que era d'eines, feta de totxo i ciment i d'aspecte abandonat. «Allà hi guardaven la munició?», vaig preguntar. «Sí», va respondre en Ramon, «a dins o a baix: segurament, davall de la caseta hi deu haver un magatzem». Hi va haver un silenci, després va afegir: «Ara hi duen a tirar els cans morts». No vaig estar segur d'haver-ho sentit bé. «Què vol dir?». Em va mirar, sense cap expressió concreta al rostre. «Sí, els caçadors. Quan un ca ja no els serveix, se'n desfan. Els peguen una escopetada i els duen a tirar allà. Així no són tan fàcils de veure, quan passen per aquí els de Protecció Civil o els del Seprona».

Em costava de creure. «Els maten d'un tret?», vaig repetir. «La majoria sí, però també n'hi ha que fermen els cans a un arbre i els apallissen fins que moren. En sé un que els treia els ulls i els escorxava vius».

No vaig saber què dir. En Ramon va cridar en Pau, que s'havia esvalotat jugant amb na Taylor, i el gos va obeir de seguida. Na Taylor també va acudir, corrents i movent la cua. Les ovelles pasturaven i feien sonar els picarols, i es va sentir una merla que cantava entre el fullam del garrover que hi havia darrere en Ramon. Les merles tenen un repertori de cants ben diversos, i alguns són molt bonics.

Dos

Ara tothom en diu veterinaris, dels veterinaris, però quan jo era infant recordo que molta gent els anomenava manescals. No fa tants d'anys d'això, però em fa l'efecte que ningú ja no els diu manescals. Diria que tothom els diu veterinaris. I veterinàries, clar. Quan els anomenaven manescals, la manescala només podia ser la muller del manescal. Potser sí que fa un munt d'anys, d'això que dic. Al cap i a la fi, la meva infantesa pertany al segle passat. A un altre mil·lenni, fins i tot. L'any 1999, hi havia una fal·lera de parlar del canvi de mil·lenni, de mil·lenarisme i de totes aquestes coses. És curiós però el mil·lenarisme de l'any dos mil no diferia gaire del de l'any mil, pel que en sé. Tant en un cas com en l'altre, es tractava de la fi del món; existeix un mil·lenarisme que parla del retorn de Crist i de la instauració d'un regne de justícia i pau. Eternes, per descomptat. L'any 1999, però, del que tothom parlava era de l'efecte dos mil. Se suposava que, tan bon punt arribéssim a la mitjanit del 31 de desembre, els ordinadors interpretarien la data 00 com un retorn a l'any 1900 i això els faria entrar en col·lapse. Ara fa riure, però les grans multinacionals van gastar fortunes per prevenir l'efecte dos mil i hi ha qui sosté que, si ens vam salvar d'un daltabaix mundial, va ser gràcies a la tasca de prevenció que havien dut a termes aquestes companyies. Bé, han passat molts d'anys i la fi del món no ha arribat. Ara tenim el canvi climàtic, és clar, i com a amenaça s'ha d'admetre que és bastant més sòlida que l'efecte dos mil.

La veu cavernosa d'en Rubí es va imposar damunt la remor elèctrica que emetien els aparells de la consulta. «Els ecologistes, mira, encara», va remugar. «Però això dels animalistes passa de mida».

Va separar la seva cara boteruda de la de na Taylor, i va prosseguir: «Són urbanites de cap a peus, nens de casa bona que no tenen la més remota idea dels animals ni del camp ni de res, i que es pensen que fer la revolució és assaltar una granja de porcs i deixar els animals a lloure. Per la televisió en vaig veure uns que s'enduien uns garrins en braços, deien que els alliberaven. És el que tenim. Aquests sí que poden posar en perill la salut pública. I el medi ambient, això per descomptat. És el que tenim, ja t'ho dic. Bé, això ja està».

Va retirar l'agulla i la xeringa, na Taylor va girar el cap i ens va mirar. Primer a en Rubí, després a mi. Estava tranquil·la, sempre es quedava tranquil·la damunt la taula d'examen. La d'en Rubí era una taula amb les potes altes i articulades, i la superfície llarga, llisa i àmplia, d'acer inoxidable. Feia pensar en la taula d'un escorxador, o d'una morgue. Però sempre que hi anàvem, na Taylor pujava a la taula d'examen i s'hi estava sense protestar.

«És curiós com són les coses», va somriure en Rubí, amb aquell somriure seu que feia pensar que s'havia fet mal. «Quan jo vaig començar ningú hi pensava, en la vacunació dels animals de companyia. Com a molt en la del bestiar, quan apareixia algun brot infecciós, però més d'una vegada els medicaments acabaven matant més ovelles, o més vaques, o més el que fos, que la pròpia malaltia. I ara vacunes, xip i passaport». Va obrir les mans com si no se'n sabés avenir, del que explicava. «El que és segur és que a ningú se li hauria acudit vacunar un moix. I ara, mira».

Em va assenyalar un cartell que tenia penjat a la paret, amb el calendari de la vacunació dels gats. A les vuit setmanes la trivalent felina, a les onze o dotze setmanes la segona dosi de la trivalent, a les setze setmanes la leucèmia, a les dinou setmanes la dosi de confirmació contra la leucèmia, i als sis mesos la vacuna contra la ràbia, que és la que també és obligatòria per als gossos, cada any. Na Taylor l'acabava de rebre. «És millor així, no t'ho sembla?», vaig preguntar, per dir alguna cosa.

«Eh?». Va semblar que la meva veu hagués fet tornar en Rubí d'algun lloc. «Sí, millor, naturalment. La ràbia és una cosa seriosa, encara avui». Va mirar na Taylor i la va acaronar damunt el cap. «Tu ets una bona cussa, eh, Taylor? Una bona cussa amb un bon caparrot».

Per uns instants es va tornar a imposar la remor elèctrica, que s'adeia amb la il·luminació de fluorescents i l'olor que dominava a l'estança, i que no sé adjectivar. Olor de profilaxi, suposo. Em feia pensar en una solució que em va preparar na Bettina per fer gàrgares, una vegada que jo tenia mal de coll. Era a base d'esperit de cremar, que no fa olor de res. Na Bettina tenia tot de remeis antics dins el cap, i jo ho trobava graciós. Fos com fos, la consulta d'en Rubí era un lloc que m'agradava. En especial per la vitrina on guardava les pinces, degudament afilerades i identificades, cadascuna amb una petita etiqueta que duia escrit el model corresponent. Pinça de dissecció Adson, pinça de dissecció estàndard, pinça de dissecció Adson fina, pinça de dissecció Adlerkreutz, pinça de dissecció Potts-Smith TC, pinça de camp Thomas, pinça de camp Schadel-Cranc, pinça de camp Jones, pinça de camp bola/paila i bola/bola, pinça hemostàtica Moskito-Hartmann, pinça hemostàtica Rochester-Carmalt, pinça hemostàtica Bengolea, pinça per a espines estàndard, pinça per a espines Feilchenfeld, pinça per a pòlips i embenats Gross, pinça depilatòria Littauer, pinça per a preparacions i lligadures Gemini, pinça per a histerectomia Heaney Ballentine, pinça per agafar el pulmó Nelson, pinça per a conductes biliars Lahey. Al costat hi havia una altra vitrina amb les tisores, exposades amb idèntica meticulositat, però jo em quedava sempre fascinat amb la vitrina de les pinces. Feia pensar en pells aixecades, en interiors desvelats, i en una forma quirúrgica de tractar-los amb delicadesa.

«Trenta-nou quilos set-cents», va murmurar en Rubí, mentre apartava la vista de la bàscula i apuntava el resultat de la pesada a la fitxa de na Taylor. Continuava fent servir les velles fitxes de cartró, que guardava en un moble amb calaixos també etiquetats, per ordre alfabètic. Podia haver-ho fet amb l'ordinador, però li agradava més fer-ho d'aquella altra manera, això era tot. «Ha augmentat tres quilos, des de l'any passat». «Sí, jo també la veig una mica més grassa», vaig assentir. «Tres quilos no és una mica», en Rubí va moure el cap. «S'ha d'evitar el sobrepès».

Vaig estar temptat de contestar-li que era ell qui tenia sobrepès, i no la gossa, però me'n vaig estar perquè havíem arribat al moment amable de la visita. «Qui t'ho havia de dir», va evocar, «quan tot just era un quissó i la vas recollir». Li vaig respondre allò que ell esperava: «Quan la vaig veure em vaig adonar que seria gran. Per les potes, saps? Diuen que, si tenen les potes grosses quan són quissons, vol dir que es faran grans. Però no m'esperava que arribés a ser-ho tant».

Va seguir a continuació el relat de la primera vegada que na Taylor i jo vam aparèixer a la consulta d'en Rubí, contat per ell mateix. Li encantava recordar-ho, i sempre feia la mateixa broma: que no hauria sabut dir qui estava més espantat, si l'animal o jo. No crec que estigués espantat, però sí que era cert que jo no tenia cap experiència a cuidar gossos. Sempre havia desitjat tenir-ne un, però mai havia trobat el moment. Fins que em vaig mudar a Bellavista, després de la separació amb na Bettina. Ja feia uns mesos que m'hi havia instal·lat quan en Paco, al local d'en Miro, em va parlar d'una cusseta que havia aparegut al jardí d'una de les cases on ell anava a polir portes i persianes, un d'aquells xalets grans i cars de la zona del Verí. Algú l'havia deixat abandonada allà, i els propietaris de la casa, per un motiu o altre, no la volien. Era una cria d'unes tres setmanes amb el pelatge més aviat roig, d'un roig amb vetes brunes i ataronjades. Quan vaig anar-hi amb en Paco, a recollir-la, estava encongida per la por, però vaig veure que els propietaris del xalet s'havien preocupat d'alimentar-la. En Paco va tenir l'encert de dur una petita pilota de goma que xisclava quan l'estrenyien: quan la va sentir, ella va obrir molt els ulls i va aixecar les orelles.

«Vas comprendre que aquest animal i tu us entendríeu», va postil·lar en Rubí, com feia sempre en aquest punt de la història. «Aquesta és una cosa que els humans comprenem, i ells també. Si no hi ha aquesta comprensió, la cosa no funciona».

Asseguda a terra na Taylor escoltava atentament, perquè s'adonava que parlàvem d'ella i això la complaïa. Li agradava que se li dediqués atenció. En Rubí tenia raó: el mecanisme emocional que fa que sentim afinitat amb un ca, amb un en particular, és el mateix que també ens fa tenir afecte a unes persones i no a unes altres. A un home li poden agradar els gossos, en general, com també estarà, en principi, a favor de la humanitat. Però el ressort que el fa adonar-se que està disposat a conviure amb un gos en concret, a compartir-hi casa, és el mateix que li fa percebre que pot tenir amistat amb algú altre. O enamorar-se'n.

En qualsevol cas, en Rubí pertanyia al temps dels manescals i no al dels veterinaris. Li vaig demanar què li devia per la visita, però em va contestar amb una pregunta. «Tu has vist mai un gos amb la ràbia?». «No», vaig respondre. Va fer una pausa.

«Un gos amb la ràbia avança en línia recta i ataca tot el que troba al seu pas, humà o animal. I després de cada atac continua, no s'atura ni s'entreté».

No vaig dir res. En Rubí va continuar: «Cada mossegada representa una nova infecció, un nou focus víric ambulant. Impressiona veure morir de ràbia una cabra». «Cabres amb ràbia», vaig repetir jo. «Tenen convulsions i treuen escuma per la boca», va murmurar en Rubí, que es veia que repassava imatges dins la seva memòria. «En fi, per això és important la vacuna. La ràbia està estesa arreu del món, l'únic lloc on no n'hi ha és a l'Antàrtida. Pel fred, clar. A la resta del planeta, l'únic que podem fer és contenir-la amb la vacuna. La mortalitat de la ràbia és del cent per cent, saps?». Va fer un gest amb les mans i les espatlles, que contenia una part de resignació i una altra de sarcasme.

«De tota manera la vida és una cosa ben absurda», se'm va acudir de dir. En Rubí va inspirar tan a fons que va semblar que s'hagués d'empassar tot l'aire que hi havia dins la consulta. «La vida és absurda», va repetir, posant l'èmfasi en el verb. I em va demanar: «Saps quin ca tinc ara a casa?». No podia saber-ho, de manera que va respondre ell: «El del senyor Garau i el seu fill. Te'n recordes, d'ells?».

Me'n recordava. Un home d'aspecte pulcre, amb corbata i un bigoti ben retallat, vell però d'aspecte vigorós. I el seu fill amb síndrome de Down, que em penso que es deia Toni i que devia anar pels quaranta. De vegades havíem coincidit a la sala d'espera d'en Rubí, tenien un teckel molt espavilat. En l'última ocasió, havíem comentat el pedigrí impecable del seu gos, en contraposició amb el de na Taylor, que era nul. Na Taylor era una gossa borda, una mestissa. Diuen que això els fa més forts, i també serveix per fer bromes en converses trivials amb altres amos de cans. El senyor Garau somreia educadament amb els meus comentaris, i al seu fill Toni li encantava tocar-li el cap a na Taylor, que rebia les carícies amb la major complaença.

«Els recordo», vaig confirmar. «I com és que tens el seu gos?». En Rubí va aixecar les celles. «Perquè és l'únic que queda de la família. Ells dos són morts, i també va morir la senyora Garau. La mare d'en Toni». «Ho lamento», vaig dir sincerament. «És prou lamentable», va corroborar en Rubí, «sobretot per com va anar. Van trobar el senyor Garau i en Toni morts al cementiri, caiguts davant la tomba familiar on ja era enterrada la dona del senyor Garau. O la mare d'en Toni, com vulguis. Ella havia mort, d'un càncer, feia cosa de mig any. Ells dos anaven a visitar-la sovint, em penso que cada dia. Li duien flors. El darrer dia també n'hi van dur i després el senyor Garau va treure una arma, va matar en Toni d'un tret al cap i es va suïcidar a continuació».

Hi va haver un silenci. «Em sap greu», vaig repetir. «Hi tenies molta relació?». En Rubí va sospirar. «No, no és això...».

Va dubtar. Un parell de vegades va anar per dir alguna cosa, després es va aturar. Hi havia gent a la sala d'espera, i jo començava a tenir ganes d'anar-me'n. Però en Rubí es va asseure a la cadira darrere de l'escriptori i em va mirar fixament.

«El senyor Garau tenia setanta-nou anys», va començar. «Havia treballat com a pèrit agrònom i ell i la seva esposa s'havien guanyat decentment la vida, tot i que tampoc van ser mai rics, ni de bon tros. La dona del senyor Garau es deia Eulàlia Gómez, i, a més d'ocupar-se de la casa, durant bastants d'anys va cosir mostres per a una firma de roba. El senyor Garau es deia Onofre. En Toni va ser fill únic. Per l'edat i l'educació que havien rebut, el senyor Garau i la senyora Eulàlia Gómez podien haver estat d'aquesta gent que interpreten com un càstig del cel el fet de tenir un fill amb síndrome de Down. Però les seves creences religioses no eren d'aquesta mena. Tampoc eren dels que s'avergonyeixen de tenir un fill com en Toni. T'explicaré una cosa que no he contat mai a ningú».

Era mentida, segur que ho havia explicat a tort i a dret, però tampoc hauria servit de res contradir-lo. «T'escolto», em vaig limitar a respondre. En Rubí es va acomodar encara més a la seva cadira. «Fa uns anys, però tampoc et pensis que siguin molts, vaig visitar una granja. Tenien uns porcs malalts i em van deixar sol a la soll perquè els examinés, ells havien d'atendre no sé quina altra feina. Devien pensar que no em mouria d'allà, però em va fer falta un cordill i em vaig adonar que no en duia, i tampoc en vaig trobar cap dins la soll. Vaig caminar fins a un paller que hi havia a uns cinquanta metres, a veure si hi trobava un cordill. Però el que hi va haver dins el paller, a més de penombra i una pudor nauseabunda, va ser una nena. Una nena d'uns deu anys, que tan aviat com em va veure va intentar amagar-se, espantada com una rata. Era discapacitada, i de seguida vaig comprendre que no era allà accidentalment, sinó que hi vivia. Els seus pares i avis i germans estaven d'acord a tenir-la allà. Els semblava que això era el que havien de fer amb aquella criatura».

No vaig preguntar què havia succeït després del descobriment. En Rubí va continuar.

«El senyor Garau i la seva esposa eren just el contrari d'aquella gentussa. Professaven amor al seu fill, un amor sobri, sense escarafalls ni exhibicionismes. Per descomptat en Toni no era el fill que haurien volgut tenir, un fill amb síndrome de Down no és mai el fill que vol tenir ningú. Però van teixir una cosa bona entorn seu, van construir un refugi per agombolar-lo, i dins aquest refugi s'hi van arrecerar tots tres. Es van posar a recer del menyspreu del món i del mal que fan els homes. Una idea de protecció que també havia d'incloure el moment i la manera de morir. Tret del senyor i la senyora Garau, no hi havia ningú més que es fes càrrec d'en Toni. De manera que el pare i la mare devien arribar a un acord: si mai en faltava un, i el que quedava ja no tenia prou força per tenir cura del fill, allò que faria seria matar-lo, primer, i després suïcidar-se. En realitat no hi havia cap més alternativa, l'enteniment d'en Toni no podia concebre una existència separada de la dels seus pares. Ingressat en una institució, en mans de cuidadors, no hauria fet més que esllanguir-se de tristesa, fins a morir d'enyorança i d'absurd. En aparença el senyor Garau encara en tenia, de força, però ell devia sentir que n'hi mancava, o tal vegada no va voler esperar a sentir com anava minvant. El que no m'explico és d'on devia treure l'arma, perquè no tenia llicència. Tant se val, a Bellavista es pot aconseguir qualsevol cosa. El senyor Garau va complir un pacte d'amor, un pacte amb la seva dona i el seu fill. No tothom sap complir un acord com aquest, no tothom sap fer valdre la seva paraula».

Es va aturar amb un posat greu, com un tenor que hagués rematat una ària. «És així com va anar?», vaig preguntar. En Rubí va arronsar les espatlles i després les va sacsejar, juntament amb la panxa. «No ho sé», va contestar, «però m'agrada pensar-ho. El fet és que ara tinc el seu gos a casa». «Et tornes sentimental amb els anys, Rubí». «Deu ser això», va grunyir. «Escolta, m'estaria tot el matí amb tu, però no puc fer esperar més la gent que hi ha a fora».

Em va fer somriure que fes veure que era jo qui l'entretenia a ell. «Què et dec?», vaig insistir, i vaig anar per treure la targeta de la cartera. «No dus efectiu?». Vaig aturar la mà, ell em va clavar una mirada que expressava una reprovació en broma. Més ben dit, mig en broma. Em vaig sentir en fals. «Mai recordo que no fas servir datàfon». «Ni datàfon ni targetes», va bufar. «I el meu mòbil serà aquest mentre aguanti». Se'l va treure de la butxaca per ensenyar-me'l, com feia cada vegada. Un model antic, d'aquells que duien una tapa que lliscava, com és de suposar sense càmera, ni internet, ni res. La tecnofòbia d'en Rubí era una veritat ben assentada, i jo ja havia de saber-ho. M'havia posat en la situació que volia per poder-se fer el magnànim.

«Ja passaràs a pagar quan et vagi bé», va concedir. «Saps que no ho faré», vaig respondre. «Tens raó. Doncs, almenys, a la pròxima visita, porta'm el teu llibre». «Això sí que ho faré». «No és veritat. Té, emporteu-vos això».

El plural incloïa na Taylor. Va sortir de darrere

de l'escriptori i em va oferir una petita botella amb un tap amb comptagotes. Sobre el llibre tenia raó, perquè no me'n quedaven exemplars. «És una mostra», em va explicar, mentre sostenia amunt la botelleta amb el comptagotes. «Mata les puces i les paparres, i fa que el pèl es vegi més lluent».

Na Taylor va gemegar fluixet, se li va acostar i li va llepar l'altra mà.

«Veus?», va somriure en Rubí. «Ella sí que escolta. Ets una bona cussa, Taylor. Una bona cussa». Li va donar uns cops amb la mà plana damunt un costat. Sempre em va agradar el so d'aquests cops, un so de cosa viva.

Vam travessar la sala d'espera, on havíem deixat un home, una jove i dos gossos. En sortir ja hi havia tres homes, la mateixa jove, una dona de la meva edat i cinc gossos. Quan vam guaitar per la porta els cinc animals es van posar alerta. A un d'ells se li va eriçar el pèl damunt el coll i li va tremolar el morro de dalt; em penso que era un bòxer. Era bonic; el seu amo, en canvi, era anodí i llefiscós. La noia també era lletosa de pell, a jutjar pel que permetia veure la seva camiseta sense mànigues. Per contra, a la dona de la meva edat només la vaig entreveure de passada, però la vaig trobar sexualment atractiva. Na Taylor, per la seva banda, va reaccionar a l'expectació que havia suscitat la nostra sortida amb el posat olímpic que de vegades adoptava, el cap i el caminar altius. Altres vegades es ficava en lladradisses amb altres cans, tot i que mai amb la intenció que la sang arribés al riu. Els gossos es lladren per expressar recel, o hostilitat, però rarament arriben a la violència física. No tan sovint com els homes, si més no.

Els meus pensaments es van interrompre tan aviat com vam sortir al carrer i el vam trobar envaït pel baf. L'aire era espès i calent, i em va fer l'efecte que la consulta d'en Rubí, amb el seu aire condicionat, formava part d'una altra realitat, d'un món paral·lel del qual na Taylor i jo acabàvem de ser expulsats. Caminàvem per una de les avariades voreres de Bellavista, amb els trentacinc graus habituals en aquella hora propera al migdia, que a les nits no baixaven mai dels vint. El pitjor era la humitat, que oscil·lava cada dia entre el seixanta i el vuitanta per cent. Els meteoròlegs a la televisió afirmaven que havíem deixat enrere una onada de calor, però ningú ho hauria dit, a la vista de la solellada que batia el paviment.

Als turistes no semblava que la calorada els afectés. Jo vivia a sis o set quilòmetres de l'aeroport, una zona on se'n concentraven molts, de turistes, perquè hi trobaven tot el que necessitaven, tot allò que trobaven a la primera línia, al carrer del Pernil i als seus voltants. Tota la *white trash* britànica, i també l'alemanya, venien a estendre la tovallola damunt l'arena de la platja que hi havia a pocs carrers de casa meva. Damunt les tovalloles hi deixaven caure les seves carns untades de crema solar, que arrebossaven amb aquella arena procedent de la pedrera, i que en realitat no era exactament arena, o no només, sinó una mescla obtinguda amb les restes de la pols de les triturations que es duien a terme allà. Feia anys que aquest picadís havia substituït l'arena original, i era d'un tacte desagradable, lleugerament vidriós, però als turistes els entusiasmava. Els resultava còmode, pel que es veia, per fer-hi el que sigui que fan allà. Menjar, beure, defecar, ocasionalment fornicar. Recordaven les granotes submergides dins el bany maria: l'aigua tèbia va pujant de temperatura de mica en mica, fins que, de tan calenta, es torna mortal per a les granotes. Però elles s'hi troben a gust, dins l'aigua calentona: tant, que tanquen els ulls, es relaxen, i moren per pura deixadesa.

Bellavista és el resultat de l'acumulació de vestigis. El pinar fou arrasat amb l'arribada del turisme, per fer lloc a la construcció d'un munt de xalets unifamiliars que, en el seu moment, es van vendre com una urbanització de luxe. Els promotors, però, es van trobar amb el problema que, amb l'adquisició de les parcel·les per fer-hi els xalets, també es van obligar a fer-se càrrec de la jonquera de vorera de mar, terres salabroses que no valien res. Aviat, però, se li va trobar utilitat, i la jonquera paupèrrima es va transformar en el passeig marítim i les línies segona i tercera. S'hi van amuntegar els negociets immunds, i també una infinitat de blocs de pisos i d'apartaments. S'hi encabien els turistes barats durant els mesos de temporada alta i, durant tot l'any, els immigrants que venien a treballar com a mà d'obra barata. Molts s'acabaven instal·lant a Bellavista, i aquells primers xalets van quedar ofegats i perduts entre els blocs de pisos. La majoria van ser abandonats de mica en mica pels hereus dels propietaris, que ja no hi tenien interès i se'ls treien del damunt així com podien. Avui encara és possible localitzar-ne alguns, dels primers xalets, mig rebentats per les arrels deformes dels pins, picats pel rovell, menjats per la corrosió.

Els turons, els comellars i les codines, així com els camps de conreu, van ser aplanats i migpartits per l'autopista, que va anar sumant carrils a banda i banda al mateix ritme que l'aeroport acumulava terminals i edificis. El creixement descontrolat de l'aeroport el va convertir literalment en una altra ciutat, i no era fantasiós considerar que la veritable capital de l'illa era l'aeroport, i que Bellavista, les urbanitzacions i la resta de municipis en constituïen la perifèria. Mers annexos de l'aeroport, la segona corona, la conurbació habitada per una població irrellevant, o sobrera: la vertadera població, la productiva, eren els turistes que entraven i sortien de les terminals. Ben aviat, per altra banda, es farien imprescindibles noves ampliacions de l'aeroport. Quan parlàvem de paisatge, ens referíem a allò que sobrava en el trajecte entre la costa, el nucli urbà i l'aeroport. Tot allò que ja no era els afores de res, tan sols les restes.

La tènue coherència paisatgística que encara es podia apreciar en el conjunt la proporcionaven els centres comercials. N'hi havia quatre, al nord, sud, est i oest del nus viari de l'autopista. Per ordre d'antiguitat: Bellavista Fan Shopping Center, Festival Park Bellavista, MegaStore Bellavista World i Shops No Limit Bellavista. N'hi havia un cinquè en previsió, que s'havia de dir Bellavista Sands i que s'anunciava com a respectuós amb el medi ambient. La construcció s'havia hagut d'ajornar a causa d'una querella d'un grup ecologista que havia estat inesperadament admesa a tràmit, però hi havia pocs dubtes que s'acabaria construint; tal com solia dir-se, pel bé general. Ocuparia les trenta-dues hectàrees de la darrera zona humida que quedava al voltant de Bellavista, i significaria la desaparició dels aiguamolls.

La Rosa dels Temperaments no hauria bastat per explicar la panòplia de colors dels centres comercials, la seva exaltació vital. L'excepcional bellesa de la llum del sol quan toca els rètols i les pantalles digitals amb els noms de les franquícies i del fons d'inversió, i els fa llampeguejar. L'esclat cromàtic de les dependentes, els cambrers, els reposadors, els manyans, els lampistes, els vigilants, formiguejant amunt i avall amb els uniformes corporatius. Generacions d'illencs crescudes dins el fracàs i l'abandonament escolar, mig any fent feines mal pagades i l'altre mig a l'atur, dins el bar o davant la pantalla, obesos, ignorants, primaris, drogats, alcoholitzats, una massa humana reduïda a les seves funcions corporals i a la satisfacció d'unes poques necessitats sobrevingudes. Devots del mínim esforç i del resultat immediat, emprenyats per la falta d'expectatives, per la impossibilitat d'una millora, incapaços de comprendre el parany on els han ficat, on s'han deixat ficar a canvi de la consola de videojocs, del porno a internet, del futbol vint-i-quatre hores, de les prostitutes barates, les copes i una altra ratlla de cocaïna. Enfadats sense saber per què, amb la vista enterbolida i la boca pastosa, amb un llenguatge articulat només a mitges, amb els ulls clavats al sostre i a les parets mig pelades del seu quarto, enrabiats contra els negres, o els xinesos, o els catalans, o els transsexuals, o qui sigui, envejant els moters que es reuneixen al capaltard amb les seves harleys, a prop de l'escullera. Irritats, sulfurats, cridant per les terrasses, insultant i amenaçant les dones que els criden que callin, els vells que remuguen que avisaran la policia, i ells que riuen perquè la policia són ells mateixos, són els que no servien absolutament per a res i ara en canvi tenen un uniforme i una arma i patrullen Bellavista al servei d'en Cursach, o dels Pascual, o de qui sigui en cada moment l'amo de la droga; que és la veritable moneda de curs legal en aquesta part del món. Policia drogada i corrompuda per a una societat drogada i corrompuda, moscots del Bierkönig, cabrum dels table dance, dels peep show i dels glory hole, fent els ulls grossos a canvi de sexe i copes gratis.

Li explicava aquestes coses a na Taylor. Li solia parlar mentre caminàvem i ella m'escoltava amb els ulls ben oberts i la llengua a fora, amb una atenció que ara, quan ho recordo, no estic segur que em mereixés. La gent ens mirava quan passàvem, o em miraven a mi, perquè m'imagino que un home de la meva condició ja deu tenir un aspecte prou desventurat, però si a més va pel carrer parlant amb una gossa borda, deu merèixer commiseració, o burla. Fins i tot, dels empleats del centres comercials.

Com altres dies, per tornar de la consulta d'en Rubí fins a casa vam enfilar pel Torrent dels Jueus, una canalització antiga que també havia quedat colgada entre hotels i blocs de pisos. Crec que va ser en Caminada, que s'assabentava d'aquesta mena de coses, que em va explicar que el viaducte havia estat construït al segle xv, per encàrrec d'algun propietari jueu, i que d'aquí venia el topònim. És curiós l'efecte que fan aquestes construccions de segles enrere i la seva manera, tan sòbria, d'aguantar el pas del temps, encaixonades entre edificis que tenen tot just quatre dècades d'antiguitat, cinc com a molt, i ja cauen a trossos. Això també ho comentava jo amb na Taylor, i ella em donava la raó com als bojos, mirant-me de cua d'ull.

Després em vaig desviar i, en comptes de fer el camí directe a casa, des del Torrent vam caminar fins a la Porciúncula, que és el nom que l'orde del frares franciscans va donar a una altra parcel·la de Bellavista amb pinar, dins la qual hi van construir una església i un col·legi religiós. També hi van fer un museu, de numismàtica, crec. Però no era en això en el que jo pensava. Sentia una espècie d'impuls, una necessitat desdibuixada, però insistent, d'acudir a un lloc que tingués algun tipus de relació amb l'espiritualitat. No sé ben bé què hi cercava ni què hi volia fer, allà: em vaig sentir confús després de la conversa amb en Rubí, i una associació capriciosa d'idees em va fer anar fins a aquell temple que havia visitat a la infància, amb els meus pares, i del qual tenia un record singular, perquè era diferent de les altres esglésies que havia conegut. En sabia que havia estat construïda als anys seixanta per donar satisfacció als turistes catòlics practicants, que reclamaven un lloc de culte per poder pregar i oir missa mentre passaven les vacances. Era una església de planta ovalada, amb les parets cobertes d'uns grans vitralls amb personatges i escenes dels Evangelis, representats en un estil manierista, fortament acolorit, que feia pensar en una actualització dels emperadrats modernistes. Allò més especial del temple de la Porciúncula era la manera en què les plaques de vidre de les parets recollien una gran quantitat de la llum solar de Bellavista: llum mediterrània, desbocada durant molts mesos de l'any, que il·luminava les imatges dels vitralls amb una espècie de fogonada, com si s'encenguessin per dins.

Però, tot això, òbviament no ho pensava jo quan era una criatura i hi anava amb els meus pares. No va ser fins molts d'anys més tard que vaig saber que la Porciúncula era obra de Josep Ferragut, un arquitecte que havia estat molt celebrat a l'època, i que va morir assassinat en circumstàncies mai aclarides. La versió oficial parlava d'una brega d'homosexuals amb uns joves que es prostituïen, però altres indicis apuntaven a un cas de corrupció amb obra pública, amb polítics locals implicats. Com que es van perpetrar amb poc temps de diferència, no va faltar qui va establir paral·lelismes entre el crim que va acabar amb Josep Ferragut i l'assassinat de Pasolini, tots dos envoltats d'un halo sòrdid i truculent. Ves a saber, l'escriptor Guillem Frontera deia que aquesta illa era Sicília sense morts, però ho deia com a sarcasme. Desconec, en fi, si l'arquitecte Ferragut era creient. La meva mare sí que ho era, i va deixar en mi el sentiment del refugi en els llocs de devoció, sobretot quan em sentia afectat, torbat, pel que succeïa al meu voltant. Suposo que aquesta deu ser la idea de trobar-se «en sagrat». Tanmateix, el meu neguit religiós es va veure frustrat en acabar de recórrer el mur que encerclava el pinar de la Porciúncula i el separava de la via pública. Al portal, hi vaig trobar un petit cartell que informava dels horaris de l'església i del museu, i a continuació uns altres cartells, més grans i vistosos, que presentaven el lloc com un parc d'aventures que havien anomenat Spiritual Island. L'atracció principal, pel que es veia a les fotos de reclam, eren unes tirolines.

Un home d'uns trenta anys va passar brunzint en un patinet elèctric, damunt la vorera, a frec meu i de na Taylor. Em va cridar «aparta, vell», i em va treure de la contemplació dels cartells. Na Taylor va acotar el cap i va posar la cua entre les cames. Em vaig preguntar, no per primera vegada, qui m'ho hauria hagut de dir, que acabaria no tan sols residint a Bellavista, sinó que ho faria a un carrer de plantes baixes adossades, a imitació d'aquelles cases amb jardinet al davant que surten a les pel·lícules americanes. Me n'havia burlat tantes vegades, d'aquella casta d'habitatges, i mai m'hauria imaginat que acabaria instal·lant-me en un d'ells. Hauria estat impensable fins que na Bettina em va convidar a marxar de casa, sens dubte carregada de raons. Potser jo també hauria pogut inventar-ne alguna per no sortir del nostre malaurat domicili conjugal, quedar-m'hi a perllongar la repugnància. Però una reacció inesperada, alguna cosa semblant a la vergonya després dels atroços escorxaments que ens havíem infligit, em va dur a evitar qualsevol maniobra, a refusar la indignitat que previsiblement es podia esperar de mi. Sotmès a la pressió adequada, em vaig limitar a fer la maleta, deixar les claus damunt la taula del menjador i assegurar-me, abans de baixar les escales, que la porta del pis quedava ben tancada.

Després d'haver estat tres vegades a punt de ser pare amb tres aspirants a la redempció per la via resplendent de la maternitat, la darrera de les quals na Bettina, el fet d'haver adoptat na Taylor tenia alguna cosa de compensació moral. Una manera de rescabalar-me de la reducció a l'absurd que suposava fixar la meva residència en un apartament adossat a Bellavista. En teoria això significava la dissolució completa i definitiva del meu ego, tot i que encara duia adherides les crostes del que en algun moment de la meva vida s'havia arribat a considerar una carrera literària. Allò cert, però, és que, tan bon punt em vaig veure dins el meu adossat, em vaig sentir inesperadament tranquil, amb la mena de pau que obté un funcionari quan arxiva per fi un expedient problemàtic. Tenia una cuina equipada, wifi, un televisor de vint-i-sis polzades, una galeria i un petit pati, que fins i tot incloïa un taronger bord, d'aquests que fan taronges que no es mengen, i un roser de tot l'any. Quan, després, hi vaig integrar na Taylor, vaig tenir la sensació d'haver encertat finalment en alguna cosa. L'únic emperò, que m'irritava encara més perquè no depenia de mi, era el veïnat.

El veí de l'adossat de la dreta i la seva dona personificaven, amb fidelitat sorprenent, un arquetip. Ell aportava a la llar la parabòlica i la subscripció a diversos canals esportius, la barbacoa amb carn comprada a un minorista argentí i una caixa d'eines que semblava capaç d'ampliar-se, amb els anys, fins a l'infinit. Amb aquestes eines es lliurava a la furiosa passió de les reformes i el bricolatge, a la qual dedicava la major part de les hores dels festius i els caps de setmana. Per la seva banda, l'esposa garantia l'estabilitat familiar amb una lleialtat que arribava força més enllà del que es podia considerar raonable, a jutjar pels crits i els insults amb què ell es desfogava contra ella, en particular quan s'engatava, que era sovint. El matrimoni havia estat beneït amb tres fills mascles que, tot i trobar-se encara entre la infància i l'adolescència, ja es veia que serien tres fracassats més, a imatge i semblança dels seus progenitors.

A l'altre adossat, el de l'esquerra, hi vivia un tipus tot sol, anava a escriure com jo, però ell no tenia ni una mascota. Era, també, més o menys de la meva edat. S'havia instal·lat uns mesos després que ho fes jo, i no el vaig sentir parlar mai. Tampoc vaig sentir cap so que arribés del seu apartament. Era un home minuciosament callat, abocat a un silenci treballat i consciencios. Suposo que era un misantrop o volia semblar-ho, com el d'aquella novel·la d'en Villalonga, tot i que duia a la cara els estralls de la depressió crònica. No pensava mai en ell si no era que ens creuàvem en passar pels respectius jardinets davanters, o que ens topàvem pel carrer, i aleshores intercanviàvem una salutació muda, que consistia tan sols a creuar mirades. No hi havia hostilitat en aquesta manera de tractar-nos, tampoc exactament indiferència; jo diria que era més aviat mandra. Ens feia peresa encetar la nostra mútua coneixença i anar desgranant el llenguatge fàctic requerit en aquests casos. L'única ocasió que el callat em va venir al cap de forma clara i distinta va ser un dia que vaig llegir una notícia sobre el suïcidi, en què se subratllava el fet que era la mort per causes externes més freqüent. Per davant, fins i tot, dels accidents de feina o de trànsit. El callat, amb la seva depressió sempiterna, era un candidat ferm a augmentar les estadístiques de suïcidi. Sortiria de l'existència tan silenciosament com s'hi bellugava, i amb prou feines me n'adonaria jo, quan se m'acudís que feia dies que no el veia. Per contra, el veí de la dreta i la seva esposa acumulaven els números per sumar-se als índexs de violència de gènere. Qualsevol dia ell s'acabaria de beure el poc enteniment que li quedava, prendria alguna de les eines de la seva caixa i cometria, possiblement davant dels fills, una atrocitat aparatosa i cridanera, com tot el que succeïa dins aquella casa. Sortirien als telenotícies, les autoritats condemnarien el fet repugnant i les feministes sostindrien pancartes amb el nom d'ella, que per cert jo ignorava.

Quan, després de la visita a la Porciúncula, na Taylor i jo pujàvem la costa cap a casa, alentits per la calor, vam sentir a prou distància el xiulet mecànic d'alguna màquina de les que se solen fer servir en les reparacions domèstiques. Aviat vam comprovar que es tractava del veí de l'adossat de l'esquerra: passava la polidora a unes persianes que tenia tombades damunt la paret que separava el seu jardí de la vorera. No va ser cap sorpresa: de fet s'hi havia posat a les vuit del matí, com feia sempre que es regalava a ell mateix una d'aquelles èpiques jornades de bricolatge, que després rematava amb algun partit a la parabòlica, una borratxera i una bronca amb la dona. Em va increpar quan ens va tenir a prop: «Eh! Sí, a tu t'ho dic». No m'ho esperava i vaig provar de ser cordial, tot i que em vaig sentir estúpid: «Hola! Com va la feina?», vaig preguntar. «Aquest gos molesta», va ser la resposta. «Molesta?», vaig repetir, un altre cop estúpidament. «Què vols dir?». Com que no havia aturat la polidora, havíem de parlar a crits. Duia el polsim que s'escapava de les persianes enganxat a la cara suada. Va xisclar: «Es passa la nit lladrant i gemegant. Ja n'hi ha prou».

Na Taylor es passava les nits a la galeria dormint ben a pler, amb un son molt més tranquil i profund que el meu. De dia no era tampoc un animal particularment sorollós, més aviat era de naturalesa calmosa i badoca. Encara més a l'estiu, quan la calor l'apallissava tant com a mi, i la seva ambició es reduïa a trobar algun racó a l'ombra per ajeure-s'hi amb les quatre potes estirades, a fi de refrescar-se el ventre. Aleshores jo li deia que semblava una estora, i em feia somriure. Lladrava només de tant en tant, quan algun gat intentava traspassar els límits del pati del darrere, que ella guardava amb un zel irreprotxable.

«Em sembla que t'equivoques», vaig dir al veí. «Em prens per imbècil?», va escopir ell, ja embalat. «Disculpa?», vaig replicar. «Aquest gos teu no ens deixa viure tranquils», va insistir. I va afegir tot seguit: «Si no hi fas alguna cosa tu, la faré jo».

Vaig iniciar una rèplica, «Ets tu el que estàs tot el dia amb les teves...», però, mentre parlava, vaig prendre consciència que acabava d'amenaçar-nos, a na Taylor i a mi. M'hi vaig encarar: «Què dius que faràs? Que faràs què?». Ell va anar per respondre, però es va frenar. Després va dir: «Et posaré una denúncia». Vam fer una pausa dramàtica i ens vam quedar mirant, jo des de la vorera, amb la corretja de na Taylor a la mà, i ell des del seu jardí, amb la polidora engegada. De sobte, na Taylor va aixecar la pota del davant i em va tocar la mà, demanant que entréssim. «Em sembla que tens un problema», li vaig etzibar al veí. «Que jo tinc un problema? Encara em diu que tinc un problema!». Cridava i bufava, aïrat. «Que passis un bon dia, amb les persianes», vaig concloure. Li vam donar l'esquena i vam entrar a casa. Vam deixar enrere els seus insults, però no tan enrere com hauria volgut. Vaig haver d'engegar el televisor per deixar de sentir-los.

De la butxaca dels pantalons en vaig treure l'obsequi d'en Rubí, la mostra de producte per matar paràsits. L'estiu anterior na Taylor n'havia tingut, de paparres, i el manescal se n'havia recordat. Vaig pensar, tanmateix, que, si tornaven a aparèixer, no el faria servir, el producte: m'estimava més fer la feina de localitzar les paparres entre el pèl de na Taylor, i matar-les jo mateix. M'agradava fer-ho. Les paparres formen part dels éssers més antics de la Terra. Van sobreviure als dinosaures, que ja les van haver de sofrir, i han arribat fins als nostres dies sense haver evolucionat en cap aspecte. Són àcars, de fet són els àcars més grossos que existeixen, i la seva és una forma de vida estrictament parasitària, sense cap altra finalitat ni raó de ser que alimentar-se de la sang calenta dels mamífers. Són més fàcils de treure quan s'han alimentat i estan inflades. Aleshores estan mig estabornides, no claven el fibló i cedeixen amb facilitat. Però cal anar amb compte a no pressionar en excés, perquè poden esclatar entre els dits i omplir-los amb un grumoll de sang apegalosa. L'assortiment de metàfores, símils i paral·lelismes que ofereixen les paparres és obvi fins al rubor. No obstant això, em complaïa recordar-me a mi mateix l'estiu passat, assegut damunt l'esglaó que surt al pati davant de na Taylor, traient-li les paparres. La desparasitació és un moment d'alta intimitat entre un gos i el seu amo. Pensava, ho penso encara, que preferia aquella forma de tendresa a d'altres que he conegut. La tasca d'esplugar el pèl, detectar-hi les paparres, pinçar-les amb el dit sense esclatar-les i cremar-les amb la flama d'un encenedor (és la manera més eficaç de matar-les) requereix un màxim d'esment i delicadesa. Si hagués sabut aplicar-los als meus textos, possiblement hauria estat un escriptor millor.

Tres

L'endemà a les vuit en punt el veí de l'adossat de la dreta va engegar un martell compressor i es va posar a piconar alguna superfície, amb un entusiasme i un estrèpit que ens anaven evidentment dedicats, a na Taylor i a mi. Feia anar aquella màquina del diable amb una determinació furiosa, que donava a entendre que, des del dia anterior, no havia fet altra cosa que covar l'enuig de la nostra topada i amassar-lo fins a convertir-lo en ira i desig de revenja. Hi havia odi autèntic, en la seva forma de picar, i era inútil encendre el televisor o intentar escoltar música. Vaig posar l'arnès i la corretja a na Taylor, i va ser aleshores que em vaig adonar que, al vespre, a penes havia tocat el menjar. No hi vaig trobar res de particular, perquè solia perdre la gana quan feia massa calor. En canvi, i en bona lògica, bevia molta més aigua.

Literalment expulsats de casa nostra, vam sortir al carrer i vam començar a caminar. Quan baixàvem la costa ens vam creuar el veí de l'esquerra, el callat, que pujava carregat amb la compra del súper. D'una de les bosses vaig observar que guaitava un diari que s'edita a l'illa en alemany, i per primera vegada se'm va acudir pensar que el nostre silent i deprimit amic tampoc devia ser d'aquí. En realitat ningú era «d'aquí» a Bellavista, i amb prou feines a l'illa, si descomptàvem en Ramon, el pastor que feia seixanta anys que pasturava el ramat a les mateixes terres, i que aquella mateixa nit devia haver tornat a dormir sota la celístia estelada. Almenys ell no havia de suportar un energumen com el nostre veí de la dreta. Tot i que, pensant-hi bé, sí que havia de sofrir els atacs dels gossos que fugien dels xalets, i la presència dels caçadors que torturaven els seus, de gossos, i després en llançaven els cadàvers dins la caseta de l'antic polvorí antiaeri. En passar-nos per la vora, el callat va moure imperceptiblement el cap, a manera de salutació. Vaig fer el mateix.

La inèrcia ens va dur cap al Parc de la Ribera. Encara era d'hora però hi vam trobar força moviment. Hi havia una associació de veïns que muntaven un entarimat i unes taules, una per repartir fullets informatius i una altra per recollir firmes.

Exigien a les autoritats l'expulsió dels gitanos, que segons els responsables de l'associació de veïns eren els causants de tots els mals de Bellavista. Na Taylor i jo ens vam acostar a la zona infantil i vaig sentir l'home gras dels cavallets, el que expenia les fitxes, que ho comentava amb el pare d'una nena de tres o quatre anys. «Fa uns dies van violar una noia de setze anys allà mateix», i apuntava amb el dit una clapa entre els pins. «Ara la teva filla és petita, però t'imagines...?». Mentre el seu pare es desfeia en una explosió de renecs i gesticulacions, la nena se'n va separar i va venir cap a nosaltres. Els infants sentien una atracció irresistible cap a na Taylor. En particular els més petits, com aquella nena, s'hi acostaven rient i li posaven les manetes allà on li arribaven, ja que la gossa, asseguda i tot, era més alta que ells. Quan se li acostaven les criatures, na Taylor sempre reaccionava de la mateixa manera: s'aturava, s'asseia i acotava el cap. Ho feia amb submissió però també amb complaença, guiada per la més elemental forma d'enteniment i de cura. L'animal comprenia que es trobava en presència de cries humanes, i actuava amb la mateixa responsabilitat que hauria dedicat a les de la seva espècie. No em sap greu dir que aquest capteniment de na Taylor m'enorgullia, més que més perquè jo no l'hi havia ensenyat, ni tampoc ho havia fet algú altre. Era el seu propi sentit comú.

El pare se'n va adonar i es va acostar enfurismat. Em va preguntar si jo era «subnormal o què», i, com que no vaig dir res, em va ordenar que anés amb compte amb «el gos» i es va endur d'una revolada la seva filla, que es va posar a plorar. Na Taylor va quedar amb el cap cot, sense mirar-me a mi ni mirar ningú ni res en concret, com si estigués atenta als plors de la nena en allunyar-se. I a continuació va venir la tempesta intestinal: sense gratar damunt l'arena, ni fer cap volta damunt ella mateixa, ni cap previ avís, va deixar anar una femta clara i mig desfeta, d'un color verd tornassolat que em va sorprendre. Tot d'una es va posar a reglotar, com si provés de rumiar alguna cosa que se li hagués quedat entravessada, i finalment va abaixar una mica més el cap i va deixar anar per la boca un vòmit també aigualit: com que no havia sopat, quasi no tenia res dins l'estómac.

Em vaig quedar mirant els excrements damunt l'arena, i em vaig recriminar el descuit de no dur una petita pala, o algun estri que em permetés recollir aquella pasta d'una manera més eficaç, i menys repulsiva, que amb la mà embolicada en la bosseta de plàstic de cada dia. Em vaig fer una nota mental: millorar l'equipament de passeig de na Taylor. Quatre anys junts, i encara em trobava en situacions no previstes. No era la primera descomposició estomacal que patia, ni de bon tros. Però només en aquell moment, atabalat enmig del parc sense saber com netejar aquella brutícia, irritat encara pels insults del pare intemperant, em vaig adonar que, les altres vegades que na Taylor havia anat fluixa de budells, havia tingut el detall de no deixar-se anar a la via pública. Els episodis d'aquesta mena els havíem tingut sempre a casa, damunt la mica de terra a la qual viuen arrelats el taronger bord i el roser de tot l'any. Em va passar pel cap que na Taylor havia tingut amb mi, fins a aquell dia, la consideració de retenir les indisposicions de ventre quan sortíem a passejar, i em vaig preguntar si el fet d'haver-ho amollat just en aquell instant tenia a veure amb la calor, amb el fet d'haver estat escridassats dos dies seguits, o amb un excés de confiança mal entesa entre nosaltres. Vaig acabar de recollir les restes i les vaig llançar a la sempre inesperada paperera per a mascotes. «Ho hem fet tan bé com hem sabut», li vaig dir a na Taylor, i ella em va adreçar la seva millor mirada de disculpes. Van sonar les botzines i la musiqueta del Rally 3000. Mentre els cotxets giravoltaven, animats per la cridadissa dels infants, l'home prim vigilava que tot anés bé. Per la seva banda, l'home gras havia deixat de criticar els gitanos i s'havia assegut a la cadira plegable, a esperar que l'atracció acabés la volta per vendre noves fitxes als nens que feien fila esperant torn, agafats de les mans dels seus pares, mares, àvies, el que fos. Tots estaven més o menys pendents de l'entarimat de l'associació de veïns, on s'havia anunciat que s'oferirien, en breu, discursos i actuacions per als infants. Al fons de la tarima, aprofitant la reixa que tancava el perímetre del parc, havien penjat una lona amb unes lletres grans: «Llibertat i convivència».

Vaig desitjar que plogués, però l'únic que es veia al cel era la calitja produïda per la pols en suspensió. L'arribada, que jo mig esperava, d'en Kiwi i de la seva mestressa, va mitigar una mica l'opressió que començava a sentir, jo també, a la boca de l'estómac. Alguna cosa no anava bé, però, quan na Taylor no corresponia com sempre a les festes que li feia el seu petit amic. El yorkshire nan botava i ginjolava, i també es va tornar a compixar d'alegria, però ella, en comptes de llepar-lo i fer-li pessigolles, es va limitar a quedar-se dreta mirant-lo. La mestressa d'en Kiwi se'n va adonar de seguida: «Què li passa, avui, a na Taylor?». Tampoc s'havia aixecat dreta, ni li havia posat les potes damunt el pit, per saludar-la. Li vaig explicar el que feia al cas, i vam estar d'acord de seguida en el diagnòstic. Vam estar uns minuts intercanviant informacions sobre afeccions gàstriques canines, i ella em va esmentar un parell de remeis casolans que no vaig escoltar perquè em van fer pensar en na Bettina, i el pensament se me'n va anar fins a antigues vergonyes.

El xivarri que es va començar a sentir des de l'entarimat, i que es mesclava amb el dels cotxets, va interrompre la nostra conversa. Va aparèixer allà dalt un individu vestit com una espècie de mestre de cerimònies, que va començar a escalfar l'ambient amb acudits racistes sobre gitanos lladres. També feia números de prestidigitació, i va fer sortir una dona dalt de la tarima perquè l'ajudés a escollir un naip d'un joc de cartes; ella va triar i ell va fer desaparèixer el naip, «com ho fa un gitano amb una cartera», va cridar. S'havia arremolinat prou públic al seu davant, i tothom va esclafir el riure. «Quina pena», va comentar la mestressa d'en Kiwi, amb el seu accent cordovès. «Aquesta gent ens fan molt mal», va afegir. En aquell moment m'hauria agradat especialment saber el seu nom, però preguntar-l'hi hauria estat fora de lloc. Ens vam acomiadar i a ella li va costar una mica convèncer en Kiwi d'anar-se'n, perquè l'animal insistia a seguir jugant amb na Taylor. Quan vam agafar el camí cap a la sortida ens vam trobar el minusvàlid amb la cadira de rodes decorada amb les banderes espanyoles, dues al davant i dues al darrere. A la sortida, vaig veure —ho va veure tothom— tres Porsche Cayenne negres, enormes, que aparcaven davant de la porta principal del Parc de la Ribera. De cadascun d'ells en van baixar cinc gitanos de la Banya, amb ulleres de sol i cares de pocs amics. La policia no hi era i, si els de l'associació de veïns esperaven que arribés per protegir-los, a ells i el seu entarimat, podien esperar asseguts. Vaig accelerar el pas i em vaig allunyar de pressa amb na Taylor, evitant passar pel costat de les pistes de tenis, on segurament també hi hauria brega aviat.

L'endemà va anar tot molt de pressa. A la nit vaig aconseguir dormir a penes un parell d'hores, per culpa de la calor i la humitat. Finalment em vaig aixecar del llit, suat, i, mentre em dutxava, el veí de la dreta va començar un nou recital, en aquesta ocasió crec que amb la màquina de disc. Adesiara també picava amb un martell, o amb una maça, damunt d'alguna cosa metàl·lica que ressonava amb un renou agònic. De tant en tant se sentia la veu de la dona: no s'entenia què deia, però vaig suposar que increpava el marit i li demanava que deixés de produir aquell terrabastall. Debades, clar: immediatament se'l sentia a ell que la tallava sense deixar de picar o de fer anar la màquina; tampoc podia entendre què deia però el to era agre, violent. Estarien així molta estona, probablement tot el matí.

Vaig guaitar a la galeria i na Taylor no hi era, havia sortit al pati i s'havia ajagut entre el taronger bord i la paret d'enfront de la galeria, un racó que en aquella hora tenia una estona d'ombra. Només eren les vuit, però la humitat se m'enganxava al ventre i a l'esquena. Acabat de dutxar-me, vestit només amb els pantalons, i ja tornava a suar. El vespre abans li havia canviat el menjar a na Taylor, però el seu plat tornava a estar intacte, i això volia dir que, en dos dies, gairebé no havia menjat res. El de l'aigua sí, que el buidava, però no tocava el pinso. Vaig sortir al pati i ella va observar com m'hi acostava, però no es va aixecar. Davant seu hi havia un petit bassiot de vòmit, que s'havia assecat i havia format una crosta damunt el terra gratallós. Em vaig ajupir al seu costat, damunt els genolls, i la vaig acaronar. Em va semblar que respirava una mica més de pressa i més fondo, com si li costés. «No et trobes bé, Taylor?».

La desgana amb què m'escoltava va donar a entendre que la pregunta era ociosa. Vaig entrar dins la cuina, vaig agafar un bocí de pa i el vaig desfer en trossos petits dins el plat de na Taylor. Vaig tornar al pati i l'hi vaig posar al davant. Se'l va mirar, però no el va tocar. Em va fer l'efecte que se li havia posat com un tel a la mirada. A cada instant tenia la impressió de trobar en ella més senyals inquietants. Vaig repetir l'operació del pa amb unes galetes dolces que eren una de les seves llepolies preferides, amb el mateix resultat. Els cops del veí damunt la superfície metàl·lica, i els crits entre ell i la muller, arribaven al paroxisme. Vaig consultar l'hora: quasi les nou. Vaig decidir que canviaríem la ruta: no aniríem fins al Parc de la Ribera, sinó directes a la consulta d'en Rubí.

Posar-li l'arnès i la corretja a na Taylor va augmentar la meva preocupació, perquè justament no es va fer pregar gens. Era com si hagués perdut la tensió dels músculs; com si estigués marejada, o anestesiada. Vam sortir al carrer i vam començar a baixar el pendent. Ella caminava abúlica, com somnàmbula. Li explicava que jo també en tenia, de son, i que estava fatigat, perquè havia passat mala nit, i que el que ens passava era que devíem patir un cop de calor. Que era mentida que el clima mediterrani fos tan bo, que afectava els cossos molt més del que ens pensàvem. Ella em seguia amb un ritme cansat, la cua entre les cames, i fins i tot quan aixecava el cap per escoltar-me es veia que havia de fer un esforç. El vigor del seu cos, que tantes vegades havia guanyat el del meu quan m'estirava per arrossegar-me cap allà on la duien l'olfacte o el caprici, s'havia esfumat.

Quan passàvem pel Torrent dels Jueus, vaig sentir uns crits. Hi havia una jove que guaitava a la barana del pont, i s'hi agafava fort amb les dues mans. Anava nua i cridava, sense que, d'allà on érem, es pogués veure per què. Al cap d'uns segons, però, de darrere de la barana va guaitar, també nu, el seu company. Devia estar agenollat, o assegut davant d'ella, i en aquell moment s'havia aixecat. Dempeus tots dos darrere la barana, feien pensar en un teatret de titelles. Aleshores ella s'hi va allargar, damunt la barana; ell es va situar darrere d'ella i la va penetrar; els crits de la noia van redoblar la intensitat, mentre el jove anava manxant i bufant. No passava gaire gent, però aviat els balcons es van omplir de persones que gravaven l'escena amb els seus mòbils. «El del gos, mira el del gos», cridava algú des d'un d'aquells balcons, burlant-se de mi. Això em va enrabiar i vaig intentar descobrir qui era, però tots els balcons de tots els blocs de pisos em semblaven idèntics.

Vam arribar davant de la consulta d'en Rubí, que eren uns baixos al costat de dos negocis respectables —un bar d'entrepans i esmorzars i una agència de viatges— i la vam trobar tancada. De primer vaig pensar que devia ser un festiu i que me'n devia haver oblidat, però no era així. Era un dia qualsevol entre setmana, i a la porta no hi havia cap cartell que avisés d'unes vacances, ni d'un tancament puntual; en Rubí, com que era d'un altre temps, penjava cartells escrits a mà per ell mateix, en castellà, per informar la clientela de qualsevol incidència d'aquest tipus. Però allà no hi havia res. Aleshores se'm va acudir trucar-li al mòbil, i vaig pensar que em costava pensar. Vaig cercar el seu número als contactes, fent ombra amb la mà damunt la pantalla, que no podia llegir bé per culpa de la llum massa forta del sol. El vaig trobar i el vaig marcar: em va sortir una gravació. El telèfon estava aturat o fora de cobertura.

Vam tornar a casa i hi vam passar la resta del matí. En tres hores vaig trucar a en Rubí una dotzena de vegades, sempre amb el mateix resultat. El veí de la dreta s'havia aturat de picar, però, quan va descobrir que hi érem, s'hi va tornar a posar: i amb més fúria que abans, perquè ja estava més despert i més begut. Na Taylor es va acomodar dins la galeria, que en aquelles hores era la part menys acubada de la casa. No utilitzo l'aire condicionat, perquè em fa venir mal de cap, però vaig pensar que aquell dia havia de fer una excepció i el vaig engegar. Va ser un error: va accentuar el meu mal cos, i al cap de poca estona em vaig adonar que na Taylor tremolava. Em va venir a la memòria que algú m'havia dit, o havia llegit a part o banda, que, quan es troben malament del ventre, als gossos els anava bé l'arròs bullit, molt passat. Vaig posar a bullir els dos paquets d'arròs que tenia dins un armari de la cuina diria que des del dia que em vaig instal·lar a l'adossat, i l'ebullició de l'olla em va acalorar encara més. Vaig esperar que l'arròs es refredés, en vaig posar tres o quatre cullerades dins el plat de na Taylor i l'hi vaig oferir. El va ensumar, però no el va tastar. Només volia aigua. Va tornar a vomitar; abans, quan anàvem pel carrer, havia tingut diarrea.

A migdia va sonar el meu mòbil, cosa que em va fer pensar en el temps que feia que això no passava: setmanes, mesos? Era en Rubí, que havia trobat les meves trucades perdudes al seu mòbil nou. El vell, el mòbil sense internet ni càmera que li agradava ensenyar a tothom, havia deixat de funcionar just el dia anterior, i havia hagut de passar el matí al Fan Shopping Center per adquirir un nou mòbil. Hi havia anat en companyia de la seva filla de vint anys, que havia insistit a acompanyar-lo, i naturalment s'havien acabat barallant. Li vaig recriminar que no hagués deixat cap aclariment a la porta de la consulta. Va respondre que ens esperava a les quatre.

En Rubí va fer allargar na Taylor damunt la taula d'examen i ella s'hi va deixar col·locar tranquil·la, com feia sempre. Tampoc va dir res quan li va tallar el pèl d'una cuixa del darrere, la va afaitar, la va esterilitzar i la va envoltar amb una cinta elàstica, per fer destacar les venes. Tan sols es va girar quan va sentir l'agulla, però no va lladrar ni va grunyir, i va tornar a abaixar el cap damunt la taula, amb resignació. «Bona cussa, Taylor», va dir en Rubí, mentre extreia la sang. «Ets una bona cussa». Després va passar darrere d'unes cortines per analitzar la mostra amb un microscopi i unes pipetes que hi tenia. Com que ningú deia res, es va imposar la remor elèctrica que solia regnar dins la consulta. Ajaguda als meus peus, na Taylor va tornar a vomitar, però ja només treia baves i un líquid esgrogueït. Em vaig incomodar. «No passis ànsia», va dir en Rubí, darrere les cortines, «després ho netejaré». Va sortir amb mala cara. «No és un virus», va enunciar, «és una intoxicació». Vaig quedar perplex. «Una intoxicació?», vaig preguntar, «vols dir un verí?». Ell va assentir amb el cap. «Sí, una substància tòxica, un verí». No podia precisar de quina substància es tractava, però n'havia de ser una de potent, i en una dosi ben alta, per produir aquell efecte en una gossa gran i forta com na Taylor. Els pesticides i els insecticides, fins i tot els mata-rates, d'ús habitual a Bellavista i arreu de l'illa, no eren suficients per emmetzinar un animal com ella. Havia de ser una altra cosa, «més encabronada», va ser la paraula que va fer servir. «Em sap greu», va afegir, i va treure un pot de pastilles de dins un calaix. «És carbó vegetal activat; aneu a casa i dona-li això cada quatre hores. Que begui molta aigua, també. Si la substància no s'ha diluït dins el torrent sanguini, el carbó la pot absorbir i aturar la intoxicació».

No va ser així. Les escasses hores de vida que li quedaven a na Taylor van consistir en una agonia que li va anar minant les forces, fins a deixar-la exhausta i acabar amb ella. Quan vam arribar a casa eren prop de les sis de la tarda; en Rubí m'havia explicat que, en cada presa de medicament, li havia de donar a na Taylor una càpsula de carbó activat per cada cinc quilos del seu pes. A la baixa, això volia dir set càpsules; en canvi, si arrodonia cap amunt n'hi podia donar vuit cada vegada, i és el que vaig fer. Al capdavall en Rubí també m'havia indicat, com si em fes una confidència, que, segons com jo veiés que responia, podia augmentar la dosi al meu criteri, perquè mal no n'hi podia fer. L'esperança que allò servís per a res era dèbil i remota; tanmateix jo m'hi vaig aferrar, i després, quan va haver acabat tot, em vaig adonar que hi havia dipositat l'expectativa d'una total recuperació. «Si la substància no s'ha diluït dins el torrent sanguini», havia advertit en Rubí, i jo completava la frase: «com que no s'hi ha diluït, ens en sortirem». Com més vanes són aquesta mena d'il·lusions, com més clarament ens han advertit que el desenllaç que no volem és el més plausible, amb més ofuscació les defensem i ens hi abracem, de manera que després la frustració és més gran, i l'exasperació i el dolor, més difícils de sofrir. Sé que forma part de la condició humana comportar-se així, però sap greu comprovar que un no és cap excepció.

La principal complicació la constituïa el subministrament mateix del medicament. La via oral encara era la menys incòmoda, hauria estat evidentment pitjor l'alternativa dels injectables. Però les càpsules tenien una consistència densa, que es tornava viscosa en contacte amb la saliva de na Taylor, i això va fer que ben aviat ella tingués la boca, i jo les mans, tintades de negre, i untades amb una espècie de llim que feia encara més complicada la maniobra de donar-li la medecina. A més, pel mateix motiu que havia deixat de prendre aliments sòlids, tampoc volia engolir les càpsules. Era jo qui feia tota la maniobra: obria la boca de na Taylor, ficava els dits amb la càpsula entre els seus ullals i la deixava damunt la llengua. A continuació li feia tancar la boca, la subjectava amb les mans i li aixecava el cap, per obligar-la a empassar. A cada presa repetíem això vuit vegades i després, en obrir-li la boca per comprovar si ho havia aconseguit, em trobava que algunes de les càpsules seguien enganxades damunt la llengua de na Taylor, mig desfetes, i que en tocar-les amb els dits s'acabaven de desfer i ens empastifaven a tots dos. Així era com acabàvem, ella i jo, plens d'aquella negror que també degotava damunt el terra de la galeria, i del pati, juntament amb les seves baves. Almenys, això sí, des de la primera presa del carbó activat els vòmits van remetre, i això em va fer redoblar les esperances.

El sol es va pondre i va arribar una nit acubada i xafogosa. Per descomptat na Taylor va continuar sense ingerir res sòlid, però bevia molta aigua, i jo interpretava això com un bon senyal. Vam fer les preses puntualment cada quatre hores: a les deu, a les dues de la matinada, a les sis i a les deu del matí. A la de les dues de la tarda ja no hi vam arribar. Vaig passar la nit pràcticament en vetlla, fent becaines breus al sofà i despertant-me tot seguit amb un sobresalt. Estava intranquil, no em volia adormir i, quan ho feia, el son se m'omplia d'imatges desordenades de Bellavista. Crec que no vaig tenir cap somni en què, per dir-ho així, succeís res, tan sols es tractava d'imatges que s'amuntegaven, inconnexes, desassossegants. Em vaig acabar cansant d'aquell son desficiós i vaig optar per posar música, una de les llistes de reproducció que tenia a l'ordinador, a un volum molt baix. La deixava sonar i caminava per dins la casa. Però sentia la falta de son que em pesava a l'esquena i les cames, i havia de tornar al sofà —al llit no hi volia anar, per no perdre el contacte visual amb na Taylor— i a aquell somieig entretallat i fatigós. De tant en tant m'acostava a veure na Taylor, que jeia dins la galeria però que tampoc dormia. Era, vaig pensar després, com si la proximitat de la mort li impedís de conciliar el son, però tal vegada només fos conseqüència de la set, o del malestar que devia sentir a l'estómac, als budells, al fetge.

La gossa jeia davant la porta que sortia al pati, per on, de matinada, va entrar per fi una mica d'aire. Va durar poca estona, però mentre ho va fer, va suavitzar la situació i vaig pensar que d'alguna manera ens compensava, a na Taylor i a mi, d'una injustícia. La seva respiració s'anava tornant feixuga, i, tret d'uns alens espessos, feia hores que no emetia cap so. De tant en tant aixecava els ulls, que se li havien omplert de lleganyes, i es veia que intentava mirar-me, però que li costava enfocar la vista. Jo m'asseia damunt els talons, o en terra, i passava estones acariciant-li el cap, o el llom, o l'espatlla o sota la barbeta, com havia fet els darrers quatre anys, abans d'anar al llit. Sovint havia rigut sol pensant que hi havia força gent que se n'hauria sorprès, de veure'm acaronant una gossa abans d'anar a dormir. Sobretot na Bettina, que segurament hauria deixat anar algun sarcasme: tantes atencions a un animal, i tanta ineptitud per estimar les persones. Aquella nit espantosa, mentre li feia prendre el carbó activat amb una determinació quasi devota, tan sols podia desitjar que na Taylor es recuperés i que la pogués acaronar i murmurar-li bona nit, abans d'allitar-me, uns quants anys més.

A les vuit en punt, el veí de la dreta es va posar a picar amb el martell compressor dins el seu pati. Em feien mal el cap, l'esquena i les articulacions, na Taylor es veia extenuada. Tots dos anàvem bruts de la pega negra del carbó activat: jo en duia a les mans i als braços, ella en tenia la cara plena. La pols en suspensió semblava haver desaparegut per fi, i el nou dia exhibia orgullós un cel blau d'estiu, amb l'inconvenient d'un sol rabiós des de primera hora. Aviat vaig sentir que un dels fills de l'adossat de la dreta plorava, i que a continuació la mare cridava, i que també ho feia el pare, sense aturar el martell ni un instant. Em vaig sufocar i també vaig cridar: «Prou!», però no vaig sentir la meva veu. A més, també continuava sonant la meva llista de reproducció: un moment que el veí es va interrompre (per canviar la broca, suposo) vaig reconèixer, de fons, la guitarra de Zappa a «Watermelon in Easter Hay». Això volia dir que a continuació arribava Duke Ellington amb el seu «Jeep's Blues». Música que solia alegrar-me.

De mica en mica na Taylor anava perdent també el desig de beure aigua, s'abandonava a la inèrcia de la mort. Vaig descobrir que, si li posava aigua fresca, acabada de treure de l'aixeta, semblava que en begués amb una mica més de ganes. Em vaig posar a buidar-li el recipient en què bevia, un plat fondo de terrissa, omplir-lo d'aigua fresca i tornar-l'hi a posar al davant, una vegada i una altra, com si d'això en depengués alguna cosa. «Beu, Taylor», li insistia. Van entrar, del pati a la galeria, un parell o tres de mosques grosses, amb un zumzeig inoportú. En algun moment na Taylor feia el gest d'intentar beure, però tot just es mullava lleugerament la boca amb l'aigua que li posava al davant i s'aturava; fins i tot en aquest acte reflex jo intentava veure-hi un bri de força vital, la insinuació d'una revifada, tan tènue que just era imaginada.

Vam passar així tot el matí, incloent-hi la presa de les càpsules a les deu, en què vaig decidir doblar la dosi. Només vaig aconseguir que ens embrutéssim el doble. L'únic signe clar el va donar, na Taylor, ja passat migdia. Quan li vaig acostar el plat amb l'aigua acabada de canviar, va recolzar el morro damunt el caire del recipient, com si el cap li pesés molt, i va aixecar els ulls cap als meus, amb la mateixa mirada amb què em demanava disculpes sempre que havia fet alguna cosa que sabia que no havia de fer. En aquella ocasió volia dir: «Deixa'm».

Per primera vegada era ella la que em donava una ordre a mi. Tampoc es tractava ben bé d'una ordre, sinó més aviat d'un prec, una súplica, i vaig entendre que no havia de negar-m'hi. Em vaig ficar dins la casa i vaig provar d'anar al lavabo. Després vaig pensar que havia de fer més temps i vaig sortir al súper, a fer la compra. No vaig trobar ningú pel camí, o si ho vaig fer, no me'n vaig adonar. És possible que la persona més estimada sigui un animal? És possible que no puguem suportar veure'l sofrir, que ens adonem que preferiríem que es tractés de qualsevol altre? M'hauria estimat més que el lloc de na Taylor l'ocupés algú? I en dir algú, òbviament em referia a un ésser humà. Na Bettina, tal vegada? O, millor encara, jo mateix?

Quan vaig tornar ja estava fet. Per algun motiu s'havia desplaçat fins al pati i s'havia ajagut sota el taronger bord, que feia ombra. A la vora del roser, que tenia les roses seques però començava a mostrar els brots d'una nova florida. No el tocava mai, el roser, perquè s'hi va punxar en alguna ocasió, quan encara era un quissó. Ara era una gossa de trenta-nou quilos, amb els ulls oberts per l'esglai de la mort i la cara ennegrida pel carbó activat. A la llista de reproducció sonava «Octopus» de Syd Barrett, i el veí prosseguia la seva labor destructora. La reverberació del sol damunt el terra i les parets del pati era encegadora. Les mosques s'aturaven damunt la cara de na Taylor, volaven un moment i després hi tornaven. En poca estona es va posar rígida.

Segona part

U

Ve el dia que un comprèn que els anys que li puguin quedar de vida són menys dels que ja ha viscut, i no basten per fer tot allò que hauria volgut fer. No perquè parlem de pocs anys, o potser sí: quan es tracta de la vida humana els mesuraments tenen un valor orientatiu, com a molt. Cal partir del benentès que la mort pot arribar a qualsevol moment, de la forma que solem anomenar prematura. Avui mateix, o demà, o d'aquí a un any, o quatre. O, pitjor que la mort mateixa, alguna dolència invalidant, alguna feridura que el deixi a un prostrat, recargolat damunt d'un cos que ha deixat d'obeir el cervell. Però jo parlo d'una expectativa de vida raonable o, per què no, fins i tot optimista. A mi mateix, si la salut m'acompanya, em poden quedar vint-i-cinc o trenta, qui sap si fins i tot trenta-cinc o quaranta anys bons, i quan dic bons vull dir lúcids, i en unes condicions físiques suficients per valdre'm per mi mateix. Qui sap —de vegades ho penso— si no podria arribar a tornar a escriure. Em ve al cap la carta que li va enviar Kurosawa a Bergman quan va fer vuitanta anys, en què es declarava admirador de les seves pel·lícules i l'animava a rodar-ne més, ja que sostenia que per fi havien arribat tots dos —Kurosawa era quatre anys més vell— a l'edat de realitzar les seves millors obres. Per a mi, la senectut comença a veure's menys llunyana que la infantesa. Tot és orientatiu: els anys que ja he viscut són molts, sens dubte, en comparació amb els poc més de quatre en què es va resumir la vida de na Taylor.

Va ser una sort que en Paco m'ajudés a enterrar-la. Vaig passar no sé quin temps, suposo que unes dues o tres hores, intentant posar-me en contacte amb en Rubí. Vaig telefonar al seu mòbil almenys una dotzena de vegades, però el telèfon estava apagat. Vaig considerar tota mena d'hipòtesis mentre entrava i sortia del pati a la galeria, ansiós, contemplant el cadàver de na Taylor, que tenia la mirada fixa dins l'embut de la mort, com si s'esforcés per veure'n l'altra punta. Vaig pensar que en Rubí no sabia utilitzar el telèfon de darrera generació que li havia fet comprar la seva filla, i que possiblement no havia sabut ni engegar-lo. Vaig imaginar que no encertava ni a carregar-li la bateria, o que l'havia deixat a casa o dins el cotxe, o que li havia caigut dins una cubeta amb líquid desinfectant. Vaig sospesar opcions cada vegada més extravagants, sense deixar d'observar els ulls de na Taylor, que em feien pensar en una forma cruel d'insomni. La vaig arrossegar del pati a dins la galeria, perquè em va semblar que deixar-la al sol era una grolleria imperdonable. Les extremitats s'havien convertit en una espècie de cartró reescalfat i pelut, com si aquell cos que havia estat àgil i fort s'hagués convertit de sobte en un objecte de fabricació industrial. El veí de l'adossat de la dreta continuava amb el seu arsenal d'eines a ple rendiment, sense descans. Va ser aleshores que vaig decidir d'anar a peu fins a la consulta d'en Rubí: si no contestava el telèfon, aniria jo a cercar-lo. Necessitava que em donés indicacions sobre què havia de fer per retirar el cos de na Taylor. Era la primera vegada que em trobava amb el cadàver d'un animal a dins de casa, i havia succeït de manera tan inesperada que no sabia què fer-ne.

Em vaig acabar de vestir i vaig sortir al carrer, amb la sensació torbadora que em produïa tancar la porta de casa i deixar-hi na Taylor, morta, a dins. Sempre que sortia sense ella, a la tornada em rebia fent-me festes. No havia començat a baixar la costa que em vaig trobar el veí de l'adossat de l'esquerra, el callat, que acabava de pujar-la en direcció a casa seva. Aquell home sempre feia la impressió de tornar d'algun lloc que només coneixia ell. Quan ja arribàvem l'un a l'altura de l'altre, em va semblar que em mirava com si es disposés a saludar-me. Sens dubte s'havia adonat que anava tot sol, sense la gossa, i m'anava a preguntar com era que no la duia amb mi. «Na Taylor és morta», vaig dir, a manera de salutació. La cara del veí va expressar desconcert. «Disculpa?», em va preguntar, amb una veu agradable. Contràriament al que havia imaginat no tenia accent estranger, sinó que pronunciava un català molt net: així doncs, per què devia llegir premsa en alemany? Aleshores em vaig adonar del meu error i no vaig saber què més afegir. Ens vam quedar aturats sense dir res, després vaig seguir caminant carrer avall.

Quan havia caminat un tros vaig recordar que aquell sí que era dia festiu, i que sens dubte aquest era el motiu pel qual en Rubí tenia el mòbil desconnectat. Òbviament, si anava fins a la consulta la trobaria tancada. Aquesta constatació em va aclaparar. Sentia els ulls feixucs, amb ganes de plorar, i tot el cos desmanegat a causa de la falta de son, la tensió i la sufocació. El pensament de la persiana de la consulta d'en Rubí abaixada, amb un cartell tret de la impressora de l'ordinador avisant que l'establiment romandria tancat durant la festivitat etcètera, se'm va imposar com una fatalitat insuperable. El descoratjament em va fer aturar al carrer, dubtant entre tornar a casa (però aleshores, què en feia, del cadàver de na Taylor?) i una altra possibilitat que no aconseguia concretar.

Em vaig tornar a posar a caminar d'esma, i sense prendre cap decisió conscient vaig arribar al local d'en Miro, que mai feia vacances ni festius. Devia ser l'hora de dinar, perquè hi havia dues o tres taules ocupades per persones que menjaven entrepans i amanides, i prenien cafè acompanyat amb els pastissets de na Vera, que en treia una llauna plena de dins el fornet elèctric. Hi havia en Paco assegut a la barra de la finestra, fumant i bevent cervesa. Tenia als peus els draps, el paper de vidre, les espàtules, els pots d'oli de llinosa i la botella de plàstic que havia estat d'aigua i que ell duia mig plena de gasoil. Per a en Paco, i per a na Vera i en Miro, la supervivència depenia del fet d'aconseguir que tots els dies s'assemblessin entre ells tant com fos possible.

Després d'explicar-los, no recordo en quins termes, el que havia passat a casa i la impossibilitat de trobar el veterinari, en Miro va abandonar la seva habitual impassibilitat i va insistir en la necessitat de treure el cos de na Taylor de casa meva i dur-lo a enterrar. «Avui no treballen ni el veterinari ni la recollida d'animals morts de la gossera», vaig repetir, pensant que no em devia haver entès. Però era jo qui no l'havia entès a ell. «Aleshores ho has de fer pel teu compte», em va remarcar. «No pots dormir dins una casa amb el cadàver d'un gos, si ho fas no tornaràs a dormir tranquil mai més». Se'ns va quedar mirant, a en Paco i a mi, després de dir aquestes paraules, i després es va girar a na Vera. La seva dona el va correspondre amb una mirada d'assentiment.

En Paco va sospirar: tant de bo ell tingués un cotxe, per ajudar-me a dur na Taylor a enterrar on fos. «Jo tinc un cotxe», el va tallar en Miro, «però no puc marxar d'aquí i deixar na Vera tota sola». Va fer un gest obrint els braços, perquè ens féssim càrrec de l'exigència de gestionar un local de la categoria del seu. Per altra banda, no calia preguntar-li per quin motiu en Miro no considerava adequat deixar una dona sola, i encara menys la pròpia, al capdavant del negoci. No veia inconvenient, en canvi, perquè en Paco, a pesar de tenir antecedents penals i el permís de conducció retirat per la jutge, conduís el seu cotxe.

Al cap de poca estona em vaig trobar assegut al seient del copilot d'un Škoda Favorit de quasi trenta anys, amb en Paco al volant. En Miro el va treure del pàrquing que hi havia un carrer més enllà del seu local, on el tenia en pupil·latge. «Va sobreviure a la Guerra», ens va indicar, «ara no us el carregueu vosaltres». Vaig suposar que això devia ser el que entenia en Miro per una broma. Mentre s'allunyava, i mentre ens cordàvem el cinturó de seguretat —un d'aquells que consistien en una banda flàccida que creuava el pit, de la qual penjava una mena de pinça metàl·lica que s'havia d'ajustar a una anella també metàl·lica—, en Paco va comentar, rialler: «Quines idees en Miro, el cotxe és vell però no prou per haver estat a la Guerra». Li vaig aclarir que es referia a la Guerra dels Balcans. Vaig veure que no hi queia i vaig esmentar Srebrenica, Sarajevo, Milošević, Karadžić. Vaig afegir que, per a molts de la nostra generació (en Paco i jo érem si fa no fa de la mateixa edat), aquella guerra havia representat un motiu de politització, i un fort desencant en relació amb la idea d'una Europa unida. En Paco em va escoltar seriós, amb els ulls mig clucs, i va moure el cap: «Mai he sabut on és Europa». No vaig dir res, perquè no em va semblar que ho digués de broma. En canvi, ell sí que em va demanar com era que jo no conduïa. Li vaig explicar la veritat: que em vaig treure el permís en una altra vida, però que havia conduït tan poc, i feia tant de temps que no agafava un cotxe, que conduir-lo jo hauria estat una idea encara pitjor. «Per avall no hi ha sostre», va sentenciar, mentre arrencava el cotxe i aconseguia que ens féssim un lloc dins el trànsit de Bellavista.

Vam aparcar just davant del meu adossat. En obrir la porta i entrar dins la casa, em va fer la impressió que feia dies que n'havia marxat. La llum de primera hora de la tarda queia pesada damunt les parets i els mobles, tan escassos. Vam avançar a poc a poc i en silenci, com si fóssim intrusos o com si volguéssim anar amb compte a despertar algú. No callàvem només nosaltres: el silenci era complet, estranyament el veí de la dreta no estava picant ni usant cap màquina estrepitosa, i tampoc arribava cap so del carrer. Sols se sentien les meves passes, i les d'en Paco, damunt les rajoles i el parquet. Vam guaitar a la galeria; allà era na Taylor. No vaig fer cap comentari, i tampoc va dir res en Paco. A primer cop d'ull, vaig tenir la sensació que el cos s'havia empetitit una mica. «Ella també va plena d'aquesta cosa negra», va observar en Paco, i aleshores vaig recordar que no m'havia dutxat i que havia anat fins al local d'en Miro empastifat amb el carbó activat, sense que ningú me n'hagués fet cap retret ni comentari. A na Taylor semblava que la brutícia se li hagués escampat, o almenys jo li veia més taques negres que abans damunt el pelatge. Les mosques, per contra, havien desaparegut.

«Tens un llençol vell i un cordill?», va preguntar en Paco. Llençols vells no en tenia, però vaig agafar el que tenia de recanvi per al llit, amb la certesa que, amb la calor, no el trobaria a faltar. El vam estendre en terra, vam aixecar entre els dos la gossa morta (en Paco l'agafava per sota les potes del davant, jo per les del darrere; la vaig trobar exageradament feixuga), la vam acomodar damunt el llençol i en Paco en va fer un bolic. Vaig constatar que no tenia corda ni cordills a casa, de manera que vam haver de desmuntar l'estenedor de roba i treure'n un parell de fils per lligar la mortalla. Quan això va estar fet, en Paco va sortir fins al cotxe i va reclinar la capçalera del seient del darrere, per fer més espaiós el maleter. Va tornar a la galeria, on jo l'esperava al costat del cos amortallat de na Taylor, com en una vetlla absurda. De fet, em tranquil·litzava en certa manera comprovar que per fi havia arribat a un absurd complet. Tota la meva vida n'havia estat sempre, d'absurda, però de sobte havia arribat a un absurd rotund i incontestable, un absurd total en què l'únic que em quedava per fer era tancar els ulls i deixar-me dur, com qui es gronxa dins una barca enmig de l'onatge. A partir d'aquell dia, d'aquell moment en particular en què em disposava a aixecar el cadàver d'una gossa de quatre anys amb l'ajut d'un petit delinqüent, em vaig adonar que els dies que havia viscut, i encara més els que em quedessin per viure, no tan sols eren buits de sentit, sinó que era fútil esperar que mai arribessin a tenir-ne.

Va ser quan ja travessàvem la porta del jardinet del davant, transportant na Taylor cadascun per un extrem, que va aparèixer el veí de l'adossat de la dreta. No duia cap eina a les mans, però igualment va moure un escàndol. «On aneu amb això!», va cridar, i tot seguit es va desfogar amb una explosió d'insults i d'amenaces, entre les quals destacava —perquè la va repetir diverses vegades— la de denunciar-me a les autoritats sanitàries. Afegia que molt probablement em tancarien a la presó, que era el que em mereixia, o potser millor encara a un psiquiàtric (ell en deia una loqueria), perquè era evident, segons ell, que jo estava trastornat. No és que anés del tot desencaminat, però en tot cas ell estava aparatosament borratxo, i de tant en tant s'havia d'aturar de cridar perquè li queia la bava. Els ulls d'en Paco van cercar els meus, jo vaig fer que no amb el cap i vaig mirar cap al cotxe. El que havíem de fer era carregar-hi na Taylor, marxar d'allà i deixar-lo enrere.

No va ser fàcil, tanmateix. A pesar de la precaució d'en Paco en reclinar el seient del darrere, el maleter de l'automòbil era massa reduït per a un animal d'aquella mida i no trobàvem la manera d'encabir-l'hi. Encara més perquè el cos s'havia enrigidit del tot, i això ens va obligar a fer diverses provatures, fins que per fi li vam trobar acomodament, encara que fos col·locant el cap de na Taylor a l'espai entre el conductor i el copilot, a tocar del canvi de marxes. Tot això ho vam haver de fer amb el diluvi d'improperis del veí caientnos al damunt, i sota les mirades de curiositat, o d'alarma, dels vianants que passaven accelerant el pas. Per tot això, vaig viure com una petita recompensa el fet que, després d'aconseguir finalment tancar la porta del maleter amb na Taylor a dins del cotxe, en Paco s'acostés al jardí del veí i li interrompés la filípica. «Escolta'm bé, fill de puta», va dir a manera de salutació, amb una autoritat que va fer emmudir l'altre. «Ara sé on vius, de manera que, si ens passa alguna cosa de les que ens has dit a mi o al meu amic, tornaré aquí, t'arrencaré els ous i te'ls faré menjar». Ho va dir sense acrimònia, com si exposés una possibilitat raonable. Es va veure que el veí hauria volgut replicar, segurament respondre l'amenaça amb una altra encara més truculenta, però que el seu cervell encallat no trobava les paraules per fer-ho.

«Creus que pot haver estat ell?», em va demanar en Paco quan ja baixàvem amb el cotxe pendent avall, amb el cap de na Taylor entre tots dos. Va assenyalar enrere amb el dit gros, en al·lusió al veí, que havia quedat palplantat damunt la gespa del jardí, observant com ens allunyàvem. «Massa obvi, no trobes?», vaig respondre. En Paco es va encongir d'espatlles, mentre maniobrava per canviar les marxes sense tocar la gossa. «Moltes vegades les coses són com semblen», va comentar, i vaig pensar que tenia raó. Com que jo no deia res, ell va afegir: «En tot cas, algú ha mort la teva gossa». Vaig sentir aquelles paraules i em va semblar que les veia dibuixades enlaire, com si formessin part d'algun dels molts rètols lluminosos de Bellavista, que encara tardarien dues o tres hores a començar-se a encendre. Vaig contestar: «Sí, algú l'ha morta, d'això no n'hi ha cap dubte». Vaig tornar a quedar-me en silenci i al cap d'uns segons en Paco va continuar: «No hi ha manera de saber qui ho ha fet, qualsevol pot comprar verí i donar-lo a un gos», va reflexionar. «Exacte, ho pot haver fet qualsevol», vaig confirmar. «Però qui sigui que faci una cosa com aquesta, ha de ser un merda», va completar en Paco. «Sí», vaig fer. Em vaig quedar pensant uns segons en quin benefici, quin goig, quina diversió o quin plaer, pot trobar algú en el fet de matar el gos d'algú altre.

«On vols que anem?», em va preguntar. Feia una estona que tenia dins el cap l'antic polvorí on els caçadors anaven a matar els seus gossos, o els duien ja morts, segons m'havia explicat en Ramon, el pastor. Era un lloc tètric, però de sobte se m'havia acudit que no deixava de ser com un cementiri de gossos, i ho vaig trobar adequat. N'hi vaig donar les entresenyes a en Paco, i, a pesar que no coneixia el punt en concret, va ser capaç de trobar-lo sense gaire problema, al segon intent que va fer d'endevinar la via de servei que ens hi pogués dur. Abans vam anar a cercar l'autopista per la sortida que hi havia damunt del Parc de la Ribera (vaig sentir una certa aprensió en passar-hi pel costat, i una certa tristesa quan se'm va acudir que possiblement no tornaria a veure en Kiwi ni la seva mestressa), i la vam recórrer en direcció ponent, amb l'aeroport a l'esquena i anant a cercar un accés després de la pedrera i de les cases amb les pancartes de protesta. Vaig saber que l'havíem encertada quan vaig veure el Bellavista Club Privé, que amb la seva pompositat em va servir de referència. Quan ho vaig mencionar en Paco va voler fer una broma, però ell mateix la va interrompre i no la va acabar. En comptes d'això, va encendre una cigarreta i en pocs segons va omplir de fum l'Škoda Favorit. Ho vaig trobar correcte i no vaig dir res.

La vida consisteix a veure'ns morir els uns als altres. A quina espècie pertanyem, això al capdavall és indiferent. Tot allò que viu mor, i en fer-ho, primer es panseix i després es desfà, fins a desaparèixer per complet. Els éssers vius ens esvaïm dins el no-res de la mateixa manera que hem vingut al món, de forma incomprensible. O bé: l'arribada és obscena; la sortida, macabra. Ho va escriure en Joan Sales i ho posa en boca d'en Juli Soleràs, a *Incerta glòria*. És una d'aquestes frases escrites per ser citades, però a pesar d'això sempre l'he trobada exacta. «Una vegada vaig conèixer un tio que afirmava que Déu és la gravetat», va deixar anar en Paco, com si hagués sentit els meus pensaments i volgués intervenir-hi. «La gravetat», vaig repetir. «Sí, les ones grati, gavri...», es va entrebancar. «Gravitacionals», vaig completar. «Exacte», va dir en Paco, i va treure fum pel nas, content.

Abans de recollir el cos de na Taylor a casa meva, havíem fet una aturada a casa d'en Paco, que vivia a una finca de pisos vella a prop del Torrent dels Jueus, just al damunt d'un colmado de senegalesos que es deia Market Jymy 1: em solen quedar a la memòria justament aquesta mena de detalls, i el nom d'aquest establiment m'hi va quedar amb la pregunta, que encara em faig de vegades, de si deu existir un Market Jymy 2. En Paco m'havia deixat aparcat a l'espai de càrrega i descàrrega amb els intermitents posats i el motor en marxa, i amb el prec de no moure'm. Se n'havia anat amunt per una escala que s'intuïa ruïnosa i, al cap de cinc minuts, n'havia baixat amb un parell de pales, que va desar al cotxe, a l'espai entre el seient del darrere i el del davant. Em va explicar que les tenia de quan encara feia feines de jardineria als xalets del Verí, feines que havia deixat de fer per un parell de motius: el primer, perquè no disposava d'un cotxe per traslladar les eines i els productes que requereixen les feines de jardineria, més nombroses i diverses que les de la neteja de portes i persianes. Però a més, i aquest era el segon motiu i el de més pes, preferia concentrar-se en la neteja de portes i persianes, perquè així guanyava si fa no fa els mateixos diners amb menys feina, i d'aquesta manera li quedava més temps per dedicar-se a la talla. «Jo el que vull és dedicar-me a la talla», va insistir, abans de tornar a engegar el cotxe, amb les finestres abaixades i sense afegir res més.

Al cap de poca estona de circular pel caminal vaig reconèixer la construcció de pedra amb el sostre de volta, o la barraca de roter, com n'havia dit en Ramon, el pastor, amb les prolixes explicacions corresponents. No em confonia perquè, a la vora, hi havia la gran alzina que m'havia cridat l'atenció. Més a prop, els garrovers i el petit figueral; més enrere, la plataforma circular de formigó que havia servit per plantar-hi l'artilleria feixuga, i al fons de tot, la vella caseta que havia allotjat la munició de les bateries antiaèries. «Sota l'alzina és un bon lloc», va indicar en Paco. Vaig assentir amb el cap.

No és fàcil cavar un clot si no hi estàs avesat. «És terra prima», em feia veure amablement en Paco, amb el propòsit de mitigar la meva incompetència en el treball amb la pala. Topava amb les pedres que hi havia enterrades, amb les rels de l'alzina, amb la terra mateixa, perquè no sabia col·locar la pala de la manera adequada. Com que em cansava, aixecava els ulls i observava el brancatge de l'alzina, el fullatge frondós, les fulles petites, d'un verd fosc, amb les voreres dentades. Dins les fulles guaitaven també uns petits ramells d'unes floretes grogoses, que formaven una espècie d'escates, i que vaig pensar que devien precedir els aglans, que si no em fallava la memòria són fruits de tardor. La capçada de l'arbre era vasta i ben alta, amb tota seguretat feia més de deu metres d'alt i uns altres deu de diàmetre, i estar a la seva ombra, a pesar del meu fracàs com a cavador, em resultava reconfortant.

Quan en Paco va haver enllestit el clot vam tornar al cotxe, i aleshores va ser quan es van aturar els agents forestals. Al camí no hi havia ningú ni se sentia res, com no fossin les tórtores, les cigales que brunzien dins els joncs i els pins, i alguna retxa de vent que passava entre els ullastres i que compensava una mica del sol que ens queia emplomat al damunt. Els agents van aparèixer de sobte com si també brotessin del terra, enxubats dins una furgoneta amb els distintius de Protecció Civil. Els vam veure acostar-se a dos o tres metres del cotxe d'en Miro, i, sense aturar el motor del seu vehicle ni baixar-ne, ens van saludar en castellà i es van interessar per allò que fos que vinguéssim de fer. Al cap i a la fi dúiem les pales dins les mans i anàvem suats i bruts, sobretot jo. «Venim de netejar el tros», va cridar en Paco, amb una cordialitat que resultava sospitosa per ella mateixa, assenyalant darrere seu. «De netejar?», va repetir el forestal. «Sí, això s'omple de fullaca i en aquest temps s'encén amb facilitat», va aclarir en Paco. Hi va haver un silenci, nosaltres ens havíem aturat a una distància prudencial dels agents, i el que feia les preguntes ens mirava com si volgués assegurar-se que després recordaria les nostres cares. Esperàvem que continués l'interrogatori, però no deia res. Jo mirava el cotxe d'en Miro, amb el cadàver de na Taylor estès entre el maleter i els seients del davant. Si se'ls acudia demanar-nos que l'obríssim, i si examinaven la documentació, seríem denunciats i fortament sancionats, sobretot en Paco. Potser fins i tot seríem detinguts. Això no m'havia passat encara mai i em preguntava com seria, si ens farien pujar a aquella furgoneta atrotinada de Protecció Civil o si haurien de fer venir uns altres agents de la policia local, la corrompuda policia de Bellavista, perquè efectuessin la detenció, a bord d'un vehicle expressament habilitat per a aquesta tasca i desplegant la parafernàlia corresponent. Per a en Paco, les conseqüències d'una detenció podien ser greus, també penalment; pel que feia a mi, les imaginava com una confirmació de la deriva dins la qual feia temps que discorria la meva vida, i vaig arribar a sentir una certa il·lusió davant la perspectiva de ser en poca estona a un calabós. Vaig pensar que a en Caminada, i a en Rubí, que eren homes d'una certa solidesa, la notícia de la meva detenció en companyia d'un individu com en Paco, i amb la meva gossa morta dins el maleter d'un cotxe aliè, els faria moure el cap i somriure amb sornegueria, però també amb una certa commiseració. Sobretot en Rubí, que l'endemà, que ja no era festiu, obriria el seu mòbil de darrera generació, el que havia hagut d'adquirir per complaure les exigències de la filla en matèria de tecnologia domèstica, i hi trobaria les meves moltes trucades perdudes d'aquell matí, quan era tot sol a casa davant del cos de na Taylor al mig del pati, sense saber què fer-ne ni cap on anar ni què fer, i que unes hores després, en assabentar-se per qui fos de la meva detenció per la policia i de les circumstàncies penoses en què s'havia produït, faria algun comentari sarcàstic i li explicaria a qui tingués al davant que la vida és una cosa ben boja i que el senyor Garau va matar el seu fill Toni abans de pegar-se un tret al cap davant la sepultura de la seva difunta esposa. «La fullaca l'enterrem», va dir en Paco, ensenyant la pala als forestals amb les dues mans. «Fem una mica de clot i la fiquem dins, així ja no es pot encendre i serveix d'adob a les figueres i l'alzina». «Fan ben fet», va cridar el forestal, per damunt la remor del motor i el brunzit de les cigales. «Vagin amb compte amb el sol», es va acomiadar. El que conduïa va arrencar la furgoneta i es van perdre camí enllà, mentre en Paco els feia adeu amb la mà. Jo m'havia mantingut tota l'estona mut i immòbil.

«Anem per feina», va exclamar en Paco, sense més comentaris. Va obrir el maleter, i l'efecte que em va fer tornar-hi a veure na Taylor dins la seva mortalla va ser més fort del que hauria estat raonable, com si acabés d'assabentar-me de la seva mort. La visió d'un cadàver, també el d'un animal, transmet un desvaliment insuperable. Per a mi si més no, la imatge del cadàver de na Taylor dins el maleter del cotxe d'en Miro, i la certesa que ja havia iniciat el procés de descomposició, no podia resultar més sòrdida ni més desoladora. En Paco va estirar el bolic agafant les potes del darrere, ajudant-se del llençol a manera d'agafador, i va desplaçar el cos en un angle que em facilités la tasca de fer el mateix amb les potes del davant. La vam treure del cotxe i, quan la vam tenir suspesa enlaire, agafada cadascun per un extrem, em va fer l'efecte que pesava encara més que abans.

Mentre caminàvem cap a l'alzina, cap al clot, sentia una llàstima cada vegada més profunda, i vaig pensar que tal vegada ploraria, però no va ser així. Ens movíem en silenci, fins que en Paco va tornar a prendre la paraula: «Doncs aquest fulano que et deia m'explicava que Déu és la gravetat». El vaig mirar suposo que amb estranyesa, i ell ho degué interpretar com un senyal d'interès per part meva, perquè va continuar. «Segons ell, la ones gavri... bé, la gravetat és allò que explica que la Terra giri al voltant del Sol, que els estels mantinguin la seva posició dins el firmament i que nosaltres no sortim volant cada vegada que fem una passa, com els astronautes dins les naus espacials». «Suposo que és correcte», vaig respondre, per dir alguna cosa. Havíem arribat al clot, i, mentre ens ajupíem i hi col·locàvem na Taylor, en Paco prosseguia: «Doncs aquest paio em deia que això és Déu». Va fer una pausa per guaitar dins el clot i acomodar-hi bé el cos, atès que les potes ja no es flexionaven. En aixecar el cap va finalitzar: «En diem Déu, però en realitat, allò que manté tot el cosmos al seu lloc és la gravetat». Com que no vaig respondre, encara va afegir: «Això diu aquest paio».

El trajecte de tornada va transcórrer també en silenci, fins que vaig caure en l'obvietat que era de justícia agrair-li a en Paco el seu ajut. «Gràcies per tot, Paco», li vaig dir. «No es mereixen», va respondre ell, i vam tornar a quedar-nos callats, per bé que això havia estat prou per incrementar notablement la cordialitat entre tots dos. Vam recórrer pràcticament en solitari el tram d'autopista que havíem de fer fins a la segona sortida cap a Bellavista, mentre que a l'altre costat hi havia un embús: alguna aglomeració de trànsit en direcció al centre comercial, o a la platja, o a tot plegat. Els cotxes semblaven bagatel·les de llauna, joguines a punt d'esquerdar-se a causa del sol que, a pesar que ens acostàvem a la mitja tarda, resultava encara escruixidor. Vaig pensar en na Taylor, en el seu cos que ja es desfeia, com tots els cossos quan els arriba l'hora, tant si són fulles o aglans caiguts d'una alzina com si són estels exposats a la força de les ones gravitacionals, o el fustam d'una barca rebentada per l'onatge i abandonada a una cala. En Paco va engegar la ràdio del cotxe, que curiosament encara funcionava, i va començar a moure la rodeta del dial sense trobar res que li semblés interessant. Fragments de cançons i de veus de locutors, i les crepitacions de l'aparell cada vegada que canviava de sintonia, es van mesclar dins la cabina del cotxe amb el fum d'una nova cigarreta que va encendre en Paco i la pols que hi va entrar quan vam rodejar la pedrera amb els vidres de les finestres abaixats. Encara hi havia una probabilitat ben alta que trobéssim algun control de policia en alguna de les múltiples rotondes per les quals havíem de passar, però vam tenir sort i vam poder entrar a Bellavista, i integrar-nos al seu trànsit, sense més problemes. Vam efectuar el recorregut a la inversa i ens vam aturar una altra vegada davant d'on vivia en Paco, a la zona de càrrega i descàrrega del colmado de senegalesos, perquè ell pugés al pis a deixar-hi les pales, mentre jo em tornava a entretenir amb el rètol del Market Jymy 1. Després vam anar directes al garatge on en Miro tenia el cotxe en pupil·latge i l'encarregat de la garita, el mateix amb qui havíem parlat quan en Miro ens havia dut allà, ens va aixecar la barrera sense que li haguéssim de dir res. En Paco va aparcar l'Škoda a la seva plaça de pàrquing i vam anar plegats caminant vora la platja per la primera línia, ondulant entre les olors diverses —vainilla, coco, semen refredat— de les cremes dels banyistes, cap al local d'en Miro a tornar-li les claus.

«És extraordinari», repetia una vegada i una altra en Caminada, asseguts ell, en Paco i jo als tamborets de la barra de la finestra. L'airet lleuger que ens havia bufat a dalt del caminal havia desaparegut a ran del mar. No ens arribava gens de brisa, i sí en canvi un flux d'humitat acubada pels edificis, la gentada i la pol·lució. Respiràvem allò, i en Caminada celebrava el relat de les peripècies d'en Paco i meves com si fos el millor que havia escoltat en molt de temps. De fet, ell sostenia que ho era.

«I què dius que li vas dir al veí borratxo?», tornava a preguntar en Caminada, i en Paco, cada vegada més animat per la cervesa i pel fet de tenir algú que mostrava interès en les seves històries, tornava a començar la contarella, afegint-hi si de cas alguns tocs de collita pròpia en què ell quedava cada vegada com un protagonista més desimbolt i resolutiu, i jo, per contraposició, com un secundari més incompetent i cagadubtes. «És magnífic», repetia novament en Caminada, girant-se a en Miro o a na Vera, per compartir amb ells el goig que li produïa tot plegat. En un cert moment es va adreçar a mi: «Em sap greu això que ha passat amb na Taylor, és horrible», i ho va subratllar perquè es devia adonar que en feia un gra massa, del seu entusiasme. Hi va tornar, tanmateix, de seguida: «El que heu fet tu i en Paco és commovedor, i si m'ho permeteu, també és molt divertit». En Paco no podia sentir-se més afalagat. «De debò?», va preguntar. «Pots estar-ne ben segur», li va respondre en Caminada, «és com si haguéssiu encès un llum dins l'obscuritat del dolor». A mi em molestava aquell vessant cursi i llagoter d'en Caminada, que va fer un gest amb la mà a en Miro per demanar més cervesa. «De fet penso que és una història ben interessant per ser escrita», i en dir això ens va mirar alternativament a tots dos, saltant amb els ulls de l'un a l'altre. «Si m'ho permetéssiu, jo mateix podria...».

Ens va passar per la vora una xaranga d'alemanys que baixaven del carrer del Pernil en direcció a la platja. Anaven mig despullats, amb texans curts estripats, gorres de mariner i garlandes de flors, la majoria artificials, penjades pel coll. Feien sonar tambors de broma i trompetetes de plàstic que devien haver adquirit al Deutscher Kiosk, o que devien haver obtingut en alguna de les distraccions que els organitzaven els tour-operadors. Cantaven a crits, i per descomptat, anaven profundament borratxos. El grup estava format per no menys de mig centenar de persones, la majoria ja no eren joves. Quan van acabar de passar, els van anar al darrere altres grups més petits però igualment escandalosos, que els seguien les passes.

«Van a la platja a celebrar que avui hi haurà superlluna», ens va informar na Bali, que va agafar un tamboret i es va afegir a la nostra rotllana. I, abans que poguéssim saludar-la, em va mirar:

«Em sap molt de greu això que ha passat amb na Taylor». «Gràcies, Bali», vaig respondre. «M'ho ha dit na Vera», va afegir. Almenys havia aconseguit que en Caminada i en Paco callessin un moment. «Era un animal molt bo, s'entenia molt bé amb tothom». Això em va fer somriure. «A tu t'estimava», li vaig dir. «Els animals s'adonen de seguida de qui els vol bé, i ho agraeixen», va somriure ella.

A la televisió, que estava engegada, penjada a la paret que hi havia al darrere del cap d'en Miro, donaven notícies. No se sentia què deien, però a la pantalla hi sortien imatges dels presos polítics catalans, que feia uns mesos havien estat jutjats i estaven pendents de rebre la sentència. «Escòria», es va enfadar en Miro, en referència als catalans. En Caminada i jo havíem parlat sovint sobre aquell assumpte, i érem d'un parer ben diferent al del nostre benvolgut taverner, que tanmateix, just aquell mateix dia m'havia donat una prova d'amistat tan sòlida com deixar-me el seu cotxe, sense haver-li-ho hagut ni de demanar, per anar a fer amb ell una acció manifestament il·legal. En Paco no va dir res perquè, per descomptat, no tenia cap opinió formada sobre aquella qüestió. Na Bali es va posar tensa, perquè va entendre que de sobte ens havíem situat molt a prop d'una discussió que podia ser agra. «Per culpa de gent com aquesta el nostre país se'n va anar en orris», va afegir na Vera, fent costat al seu home. El silenci es va espesseir i jo m'esforçava debades a pensar alguna manera de dur la conversa a una altra banda.

No va caldre, perquè una de les alemanyes que desfilaven cap a la platja va sortir del seu grup, se'ns va acostar i va fer sonar una monstruosa vuvuzela davant dels nostres caps. En Miro la va engegar amb un crit en serbi, ella ens va insultar en alemany i se'n va tornar cantant alegrement. Aleshores en Miro va aturar el televisor i va posar música. «Això és per a la teva gossa», va dir, mirant-me. Després de molt de temps de no fer-ho, em vaig fixar en el tatuatge que duia al braç dret: «No surrender», s'hi podia llegir, escrit en lletres gòtiques. La cançó era «First Day of Spring», de Graham Parker, que en Miro sabia que m'agradava. Na Vera va dedicar un somriure d'orgull al seu home; amb motiu, sens dubte. «I on escriuries la nostra història d'avui?», va preguntar en Paco a en Caminada. «Bé, s'haurà de veure», va vacil·lar. «Treballo per a diversos mitjans, caldria sospesar on escau més un relat de vida com el vostre...».

«Aquest no té on caure mort», va comentar na Bali, i em va somriure. «Tu creus?», vaig respondre. «A mi em sembla el contrari, un home que sap què fa». Ella es va encongir d'espatlles, «Potser sí, com ho saps?». Vaig haver de pensar un moment. «En realitat no ho sé, m'ho sembla. El veig segur, sòlid, un que trepitja fort». Na Bali va moure el cap, «I et fa enveja?». Vaig haver de reconèixer que sí, que me'n feia una mica. «No diré enveja sana perquè no n'hi ha, d'enveja sana». «No, no n'hi ha», va confirmar ella.

Es van sentir uns motors que rugien des d'algun punt de la primera línia, no semblaven de cap vehicle sinó d'algun altre tipus de maquinària. «Però per què has de tenir enveja d'ell?», va insistir. «No ho sé, mai hi ha un bon motiu per tenir enveja, o tots els motius són bons per tenir-ne. En tot cas l'enveja és nociva, m'ho van ensenyar de petit i no me n'he oblidat», vaig respondre. Na Bali va somriure i va encendre una cigarreta, aleshores va arribar na Bue i la va agafar per les espatlles. «De què parleu?», va quasi cridar, i ens mirava ara a ella, ara a mi. «A tu què t'importa, xafardera», va riure na Bali, i li va fer a la seva amiga el gest d'espantar-se una mosca. «Ai, bueno», va respondre na Bue, i es va girar a demanar alguna cosa a en Miro.

«Sempre ets amable amb tothom», vaig comentar a na Bali, i quan ho vaig haver dit vaig témer que no hagués sonat com un retret. «No veig cap motiu per no ser-ho», va respondre amb indiferència, i va afegir: «En tot cas estic d'acord amb els teus pares». Això em va sorprendre. «Amb els meus pares?». «En referència a l'enveja», va aclarir ella. «No van ser ells els que et van dir que era dolenta?». «Ah, sí, i tant», em vaig refer. «Sobretot la meva mare, em deia sovint que a una persona envejosa se l'havia de compadir, perquè era una persona esclava. Però que també se l'havia d'evitar, perquè era perillosa».

Es va fer un moment de silenci mentre a la llista de reproducció d'en Miro s'acabava el tema de Graham Parker i començava el «Big in Japan» de Tom Waits. Vaig donar un cop d'ull al rètol de Früh Kölsch que tenia en Miro penjat a la façana del local, just al damunt de la barra de fora. «La teva mare devia ser una dona intel·ligent», va dir na Bali. «O ho és encara, no ho sé». Jo no vaig dir res. «Tu també ho ets», va continuar ella. No la vaig entendre. «Què soc?». «Un home intel·ligent», va recalcar, amb convicció. «Em sorprèn que diguis que tens enveja d'en Caminada, quan tu ets un home intel·ligent».

Em vaig sentir afalagat, però igualment vaig dir la veritat. «El cert és que no en soc gaire, d'intel·ligent». Com que vaig veure que na Bali esperava alguna ampliació, vaig afegir-hi: «La intel·ligència dels altres sovint és un malentès, i, si un percep la pròpia, vol dir que és un idiota. La intel·ligència acostuma a ser un miratge». No sabia què més dir, però ella em va interpel·lar: «Vols dir que ens enganyem a nosaltres mateixos». Vaig pensar que no es podia dir millor: «Això mateix. La intel·ligència, sovint, és l'aparença de la intel·ligència, la necessitat que tenim de percebre intel·ligència en els altres, perquè no tenim una manera honesta de percebre la intel·ligència en nosaltres mateixos». Vam callar tots dos; al local, el xivarri anava en augment. Del taller de tatuatges en va sortir un parell d'adolescents que acabaven de passar per les mans de na Vera. Ell s'havia fet dibuixar, en negre, un elefant damunt el pit, i ella uns rectangles, també en negre, que traçaven al seu avantbraç dret una simetria amb pretensions de significar alguna cosa, encara que tenia tant de sentit com l'elefant del seu estimat.

«Deu ser com dius», va sospirar finalment na Bali. «Em deus semblar intel·ligent perquè parles poc». Va riure, li vaig donar la raó: «És l'única manera de no dir massa estupideses, i encara així el més probable és que se n'escapi alguna». Els adolescents tatuats papallonejaven per la barra i demanaven a crits un parell de roms amb gel, intentant debades fer-se escoltar per en Miro. «És més», hi vaig tornar encara, «si fos tan intel·ligent no seria aquí, no t'ho sembla?». Vaig veure que, de primer, na Bali no sabia com s'ho havia de prendre, però després es va limitar a preguntar: «I, si no fossis aquí, on series?». «Lluny, suposo», vaig respondre sense dubtar. «En algun lloc diferent d'aquest».

Els grups de turistes que baixaven cap a la platja es tornaven més i més nombrosos com més s'acostava la posta de sol. En aquells moments sí que arribava una mica de brisa de vorera de mar, i vaig veure que, al portal de la finca del davant, s'hi arremolinaven famílies de llatinoamericans que seien a la fresca, com ho havia vist fer de petit als meus pares i als seus veïns. Dones i homes, baixaven cadascun amb una cadira plegable i es feien un espai damunt la vorera, convivint amb els tiqueters del Bierkönig i del Niagara, amb les prostitutes i amb els negres que ja havien aparegut amb l'haixix, la marihuana i les pastilles, i també amb els bongos preparats per a la batucada. A la rotllada de llatinoamericans, alguns homes anaven sense camiseta i un parell duien santcrists penjats al coll amb una cadeneta d'or. Fumaven i devien parlar, elles i ells, de gent que feia temps que no veien, de viatges que no havien de fer, de futbol o de coses que havien sentit a la televisió.

Anaven carregats d'infants, que jugaven a travessar el carrer esquivant els turistes que passaven embalats cap a la mar, fins que arribaven davant nostre. Dos dels infants, un nen i una nena, es van plantar davant na Bali i jo i ens van fer un gran somriure amb les dents esportellades. Nosaltres vam mirar cap als adults, que també van intercanviar somriures amb nosaltres i van cridar els fills, que van tornar cap a ells, encalçant-se. Em van recordar tant a mi mateix i als meus pares que per un moment em va fer mal, físicament. Una punxada al coll que em va fer estossegar, com si m'hagués empassat un fruit sec i m'hi hagués quedat entravessat. Aleshores na Bue va arribar d'on fos, i na Vera ens va oferir pastissets. Tots en vam voler, també en Caminada, que li va preguntar a na Bue, sense que vingués a tomb, si aquell dia no pensava fer-se cap tatuatge, com els dos jovenets que finalment havien obtingut les seves begudes. Ella va esclafir el riure i es va girar a tots preguntant d'on sortia aquell paio, en referència a en Caminada, que s'aferrava al seu aplom per no mostrar encara més el seu joc de seductor caduc. La calor que minvava, com la llum del capaltard, feien adquirir a les coses un perfil desdibuixat que les tornava més amables. Na Bue li va preguntar a en Caminada si no era a ell, amb aquella pell tan blanca, que li convenia un tatuatge, i en Caminada em va enviar una mirada de complicitat.

Els infants seguien jugant al peu dels blocs de pisos, davant les turbines de l'aire condicionat. Els blocs es trobaven a tocar del San Francisco, un dels hotels històrics, amb el seu perfil de gran vaixell varat després d'alguna desgràcia. Hotels i habitatges, tot havia hagut de ser apuntalat perquè no caigués menjat per la corrosió i l'aluminosi. Es podia dir que les reformes havien acomplert el seu objectiu, en la mateixa mesura que l'acomplia en Nina amb la seva colònia Varon Dandy. En Nina era un cap que va tenir mon pare a la feina, i que es ruixava amb molta fragància masculina Varon Dandy per dissimular l'olor de tabac, alcohol i suor. En Nina no es dutxava mai i es banyava només ocasionalment, però estava convençut que l'olor de colònia barata (la comprava al supermercat en pots de mida familiar) esborrava les males olors corporals. A la meva mare li feia fàstic, al meu pare el feia riure, i jo pensava sovint en aquell home, en Nina, cada vegada que em fixava en els edificis alts de Bellavista, els que s'havien construït com a conseqüència de la bonança econòmica.

Les terrasses de la primera línia començaven a omplir-se de clients, i l'aire suau anava ple de renous, de veus i d'olors; unes més fortes, d'altres a penes insinuades. Cotxes de policia, munts de posidònia, gelats de tres i quatre pisos, crits d'alegria, crits ansiosos d'aficionats al futbol o al bàsquet o al tour de França, les bombes d'heli amb què omplen els globus els venedors de globus, els crits vigorosos amb què els venedors de globus anuncien que venen globus, uns alemanys d'un colmado pakistanès després d'haver-hi robat una botella de licor, i l'olor acre, també una mica dolcenca, que fa l'asfalt quan s'ha escalfat massa, i es produeix, a la distància adequada, l'efecte òptic que el paviment es liqua i puja, evaporat, cap al cel.

Tal vegada perquè jo estava tan abatut, na Bali seguia decidida a fer-me preguntes. «Tu ets escriptor, no és així?», em va demanar, sense preàmbul. Li vaig dir que es podia dir que ho havia estat, o almenys que ho havia intentat. «Això vol dir que ja no escrius?», va voler aclarir. «No, ja no escric». «I per què no escrius?». De sobte semblava infantil, com la nena dels veïns que havia creuat el carrer amb un altre nen només per arribar fins a nosaltres. «Suposo que perquè no tinc prou talent per fer-ho». No sabia què més podia dir sobre aquella qüestió. «No crec que valgui la pena dedicar-s'hi si un no té talent», vaig remarcar. «I com ho saps, que no tens talent?», va tornar a preguntar na Bali, i aleshores em va fer riure. «Què passa?», va riure també ella. «És com si em fessis una entrevista», vaig dir, «m'ha fet gràcia». Ella ho va trobar interessant. «Te'n feien, d'entrevistes, quan eres escriptor?». «Alguna, de vegades», vaig contestar, i vam caure en un altre silenci.

«Cap em va agradar tant com aquesta», vaig estar a punt d'afegir, però no ho vaig fer. En comptes d'això, vaig veure en Paco que conversava amb en Miro i els vaig fer servir per desviar la conversa. «En Paco, per exemple, té el talent de fer talles de fusta», vaig dir, apujant la veu perquè em sentissin tots, «i això és el que fa, i ben fet que fa». «Qui em crida?», va dir en Paco, amb una gerra gran de cervesa a la mà. Estava content d'haver-me acompanyat a enterrar na Taylor, i en Miro també s'alegrava d'haver-se arriscat a deixar-nos el cotxe, i jo havia de reconèixer que m'alegrava de com s'havien preocupat per mi i de com em cuidaven entre tots perquè sabien que estava trist. N'estava, però si aconseguia calmar una mica els pensaments, concentrar-me en la conversa de na Bali o en les coses que passaven al meu voltant, si em deixava dur una mica pel corrent de la vida, o encara que tan sols m'hi deixés gronxar, aleshores aconseguia posar a la pena la sordina que calia per fer que tot passés millor. Crec que per això, just en aquell instant vaig començar a témer el moment de quedar-me tot sol, i a desitjar que no s'acabés la vetllada. «Ja has fet la marededeu negra, Paco?», va preguntar na Bali, riallera, i mentre feia la pregunta assenyalava na Bue, que era una mica més enllà conversant encara amb en Caminada, que no afluixava en els seus propòsits. «Demà m'hi posaré», va respondre en Paco, amb un somriure d'orella a orella i aixecant el dit gros de la mà que no aguantava la gerra.

Va ser aleshores que la fortuna va complaure els meus desitjos, i ho va fer a través de na Vera, que de cop i volta ens va preguntar, a tots els que érem a la barra, si no l'acompanyaríem a la platja. «A la platja?», va repetir na Bali, en un to que, a pesar de la interrogació, era de total acord amb la proposta. «Fan una festa per la superlluna», ens va informar na Vera. «Canten, ballen, beuen, i molts es fan tatuatges de henna, jo hi vaig a veure si els turistes volen que els faci tatuatges». Em va semblar, de cop i volta, la forma més digna de guanyar-se la vida que es pogués imaginar. Qualsevol altre dia hauria estat inconcebible que jo reaccionés així, però aquell vespre, ser convidat a una festa henna a la platja de Bellavista, amb motiu de l'aparició de la superlluna al firmament, es convertia en un goig insuperable. «Fas també tatuatges amb henna, Vera?», em vaig interessar.

«I tant que en faig», va respondre na Vera, tan convençuda com si li hagués preguntat si estimava en Miro. De fet, la pasta amb què després havia de pintar la pell de qui li ho demanés la preparava ella mateixa, a base de picar fulles i branques de la planta de la henna, que era un arbust amb flors que ella mateixa feia créixer dins cossiols al balcó de casa seva, que era a la mateixa finca que el local, sis pisos més amunt. Ens en va ensenyar un parell de branques florides: la flor de la henna era una floreta blanca que s'assemblava a la de l'altea, o a la de taparera, o a la de l'ametller a l'hivern. Primer les bullia amb aigua, les fulles i les branques florides, tot junt, i després les picava dins un morter fins que obtenia una pasta homogènia, que no fos massa espessa però tampoc massa líquida, més o menys com la pintura per pintar les parets de les cases. «Els meus tatuatges són de henna de debò», va rematar, i va posar orgullosament damunt el tasser els dos braços, que duia tatuats fins als colzes amb motius d'inspiració vagament maia o asteca. «Són preciosos», va opinar na Bali, i na Bue hi va estar d'acord, i en Paco, en

Caminada i jo mateix també ens vam unir als elogis. En Miro ens escoltava sense dir res.

Vam baixar a la platja en comitiva, i en Paco i en Caminada van ajudar na Vera a transportar els estris que necessitava per muntar la parada. Una taula plegable, dos gibrells, una capsa de sabates amb diners de canvi (na Vera pensava cobrar entre vint i quaranta euros per tatuatge, segons la feina que li dugués), un joc de punxons per fer els tatuatges (els de henna eren epidèrmics, i per tant, més fàcils de manejar) i una gerra plena de suc de llimona amb sucre, que havia de servir per fixar els dibuixos una vegada aplicats damunt la pell. «Com si fos el vernís de la pintura», seguia explicant na Vera, que també ens va fer un advertiment: «La pasta de henna mai de la vida pot ser negra, si alguna vegada algú us ofereix un tatuatge amb henna negra ja podeu fugir corrents, perquè Déu sap quins productes químics hi hauran mesclat». Vaig travessar el passeig marítim al costat de na Bali, en Caminada ho va fer al de na Bue, que avançava mig ballant. En Paco havia demanat una altra gerra de cervesa dins un got gran de cartró, i en Miro, naturalment, s'havia quedat a atendre el negoci.

El sol ponent també era com una pasta picada dins un morter, que fermentava en contacte amb el mar. Encara hi vam ser a temps, de trobar un lloc quasi bo damunt la platja, a la vora de les casetes dels banyistes i el lloc dels socorristes, però a massa poca distància dels munts de posidònia, tot i que la pudor de l'alga tampoc era tan desagradable com la d'alguns cossos humans; entre ells, el meu. Quan em vaig descalçar (era obligatori, per romandre damunt l'arena) i em vaig acotar per desar les sandàlies al racó que havíem improvisat per desar-hi les nostres coses, els meus peus van exhalar una pudor tan ofensiva com el seu aspecte. Duien aferrada una crosta de terra, producte de la inhumació de na Taylor, amb esquitxades negres del carbó vegetal. Fins i tot en Paco semblava net i polit en comparació amb mi. Amb un cop d'ull em vaig adonar que estava envoltat de cossos desitjables, bronzejats i ben formats, cuidats i alimentats d'acord amb les darreres tendències pel que feia a esport i nutrició. La majoria, també, convenientment drogats per afrontar una nit llarga. Algú havia instal·lat, en aquest cas afortunadament no gaire a prop nostre, una tarima per als DJ, envoltada per un sistema d'altaveus capaços d'una potència molt superior a la que pogués consentir la normativa sobre renous, però a qui li importava la normativa. Per aquells altaveus anava sonant música chill-out i trap, i el fet de reconèixer un tema de Yung Beef que havia escoltat per Youtube em va fer venir, fugaç i enganyosa, la sensació que no havia perdut del tot el tren de l'actualitat musical, en el qual havia viatjat durant tota la meva joventut. Les barres des d'on se servien les consumicions estaven repartides estratègicament, servides per cambreres i cambrers que es veien a punt per presentar-se al càsting d'alguna campanya publicitària. Vaig tornar a repassar l'escena i la vaig trobar d'una elegància incontestable, per molt de fàstic i menyspreu que em produís. Tots, inclosos els rapers d'estètica gàngster i els gàngsters de debò, joves narcos acabats d'arribar de la Banya que aparcaven els seus descapotables damunt l'arena amb completa impunitat, haurien merescut ser cirurgians plàstics.

Hi havia amor pertot arreu i l'amor omnipresent s'estenia per damunt l'arena, que en realitat no era sinó aquell picadís vidriós dut de la pedrera. Una barreja feta amb una part d'arena i una altra de pols de grava i restes d'uralita, piles i antenes de televisió, triturades fins a convertir-se en areneta. Ben segur que trepitjar allò amb els peus descalços era tòxic, però als assistents a la festa els encantava caminar-hi per damunt, perquè els feia pessigolles a les plantes dels peus i hi havia la convicció aiurvèdica que això afavoria la circulació de la sang, i per tant l'anivellament dels xacres energètics i, com a darrera conseqüència, el retard de l'envelliment. El sol ja havia desaparegut per complet i, en el seu lloc, una lluna plena rosàcia s'havia ensenyorit del cel i brillava rutilant com si l'haguessin posada allà els organitzadors de la festa. En temps de decaïment, s'accentua la necessitat de donar noms nous, i tan infantils com sigui possible, a les coses més antigues: superlluna, per exemple, per referir-se a la lluna quan fa el ple i coincideix que és més a prop de la Terra i afavoreix la xarlataneria i l'espiritualitat de fireta. Fos com fos, na Vera havia aconseguit plantar la paradeta i ja tenia una petita cua de gent que esperava perquè els omplís els peus, o els braços, amb dibuixos fets amb la seva pasta de henna casolana. En Paco l'ajudava amb la intendència, content perquè duia un dia sencer de ser útil als altres. Vaig veure en Caminada que aconseguia anar-se'n amb na Bue platja enllà, cadascun amb una beguda a la mà, amb el rumb fixat cap a noves experiències. Hi havia amor allà, es percebia amb claredat que tothom duia la panxa plena d'amor.

«Et fa res despullar-te?», em va preguntar na Bali, que feia estona que callava. «Per nedar», va aclarir. «Si vols, podem anar-hi plegats». Vaig mirar al meu voltant i em vaig adonar que molts ho feien. Amb l'aigua de mar, la falsa arena i la posidònia mig descomposta es formava, a la vorera, una espècie de fanguet, i la gent acudia allà, nua, i s'empastifava el cos. Hi havia dones i homes, també alguns infants, i algú hi havia dut també els gossos, que jugaven entre les persones amb la més gran de les alegries. Vaig intentar imaginar-me què hauria fet na Taylor si ens hagués acompanyat a la festa. Amb ella gairebé no vaig fer mai gens de vida social, tret de les visites quasi diàries al local d'en Miro, i no sé com hauria reaccionat davant d'una reunió tan nombrosa. Vaig recordar, no sé per què, la tírria que solia tenir als animals de ploma, fossin ocells del camp o aus de corral. No podia sofrir les criatures amb plomes, la treien de polleguera. Aquest record em va dur a un altre, de com em rebia quan jo tornava a casa si havia sortit sense ella, amb les orelles ben dretes, els ulls molt oberts i un veritable desfici per fer-me cas i que jo n'hi fes, i com això ho feia sempre, cada vegada que m'havia hagut d'esperar sola. I vaig pensar que, si no hi havia d'haver na Taylor per rebre'm, realment no volia tornar més a casa meva, si podia dir-ne casa meva de l'adossat amb el pati, amb el roser i el taronger bord.

«No, no em fa res», vaig respondre, interrompent els pensaments, i, mentre ho deia, em vaig començar a desembotonar la camisa. Sí que em va venir al cap que seria la primera vegada que em despullava davant d'una dona en molt de temps, en anys, d'ençà de la darrera ocasió que ho vaig fer davant de na Bettina, ocasió que per altra banda tampoc ja no recordava. No em sabia gens de greu que fos amb na Bali, i tampoc em molestava despullar-me envoltat de tanta gent, ni enmig de l'enrenou excessiu que s'havia format a la platja. «A més, d'aquesta manera et netejaràs una mica», va somriure ella, i aleshores sí que em vaig avergonyir, per com anava de brut. Però vaig aconseguir fer cas omís de la vergonya, i vaig seguir despullant-me com si res. Na Bali va fer el mateix, i ens vam acabar de treure la roba de forma quasi sincronitzada. Vaig mirar, sense amagar-me'n, la seva nuesa una mica massa arrugada, una mica massa arrodonida, amb cicatrius i imperfeccions una mica massa visibles, molt bonica.

Dins l'aigua hi havia una d'aquestes plataformes que fan servir els banyistes, sobretot els infants, per llançar-se de cap dins l'aigua, i vam nedar fins a arribar-hi. Ens vam agafar a una de les boies grogues que hi havia al voltant de la plataforma; l'aigua de la mar era una mica freda i ens proporcionava la sensació tan agradable que fa damunt el cos nu, en especial al cul. Vam parlar de nudisme, i em va explicar que, a ella, li havien ensenyat els seus pares a practicar-lo i que ho havia fet sempre, però amb l'adolescència havia descobert la repulsió dels homes que es dedicaven a espiar les noies per masturbar-se, de vegades mig d'amagat i d'altres exhibint-se. Li vaig explicar que havia vist una parella d'exhibicionistes damunt el pont del Torrent dels Jueus, i tenia la sensació que ja feia molt de temps, però de fet havia estat tot just el dia anterior. A na Bali li va fer riure, tot i que va fer un comentari sobre la sensació desassossegant que produeixen les imatges còmiques, o grotesques, quan formen part d'una situació que de fet és dramàtica. Com la de dur algú al metge sospitant el pitjor, encara que aquest algú sigui un gos i el duguis al veterinari? Com la de dur algú al metge sospitant el pitjor, encara que aquest algú sigui un gos i el duguis al veterinari, en efecte. De dins l'aigua estant, la superlluna rosada —que de fet no era lluna plena, sinó nova— semblava encara més grossa. «No et sembla una tonteria?», vaig preguntar a na Bali. «El què?», va demanar ella. «La paraula aquesta, superlluna. És infantil». «Oh, a mi m'agrada, quin mal hi ha». «Cap ni un, tens raó».

Quan ens en vam adonar, hi va haver dues parelles que havien pujat damunt la plataforma i que s'havien posat a practicar-hi sexe, a la vista de tothom. «Sembla que hàgim cridat el mal temps», va riure na Bali, que va fer servir les paraules follar i xingar. Jo li vaig dir que el nostre idioma —na Bali intentava dir algunes frases en català— en tenia que eren més pròpies i no menys contundents ni barroeres, com ara cardar, barrinar o boixar. «En qualsevol cas, val més que tornem a la vorera, abans no ens esquitxin». Els dos homes i les dues dones devien formar part de l'organització de la festa, perquè es dedicaven a executar un sexe acrobàtic i amanerat, animats des de la vorera per una música repetitiva i un joc de llums també prou vulgar que havien encès per acompanyar-los, i pels crits i els aplaudiments d'un grupet que els feien de coristes. Els quatre personatges anaven fent intercanvis, ara la dona d'una parella amb l'home de l'altra, ara elles amb elles, mai ells amb ells, però cada acoblament, i fins i tot cada envestida i cada llepada, desprenien un desig fingit, encarcarat i sense gràcia.

«No t'imaginava de crític de porno», va bromejar na Bali, mentre ens assèiem damunt l'arena, per eixugar-nos. Ens havíem situat en una línia perpendicular a la paradeta de na Vera, però ni ella ni en Paco ens dedicaven atenció, absorts com es trobaven en el negoci dels tatuatges de henna, que havia resultat ser un èxit. «Sé bastant del tema», vaig respondre, «de quan feia d'escriptor». Ella va tornar a riure. «Hi ha relació entre una cosa i l'altra?». «Els escriptors són, de sempre, grans consumidors de pornografia», vaig respondre, tan seriosament com en vaig ser capaç. «I en el temps d'internet, ja no cal ni dir-ho». Na Bali em va dirigir una minuciosa mirada. «Encara dus brutícia d'aquesta», va observar, «als braços, a la cintura i als turmells». Eren crosteres, encara, del carbó vegetal d'en Rubí. «Les dones sempre us fixeu en els detalls», vaig dir jo. «Quina altra cosa hi ha que valgui la pena fixar-s'hi?», va fer ella. Estàvem a prop, m'adonava que estàvem més a prop a cada moment. «A més, no està bé afirmar que les dones fan això o allò, o que són així o aixà. Generalitzar és incorrecte», vaig dir. «Exacte», va respondre na Bali, «encara que els homes sou tots idiotes». Vam riure. «Mai havíem parlat tu i jo i m'agrada que parlem», va reconèixer. «No t'ho prenguis malament, sempre m'havies semblat un tipus solitari». Em va fer gràcia. «No m'ho prenc malament, soc un tipus solitari». Vaig estar a punt d'intentar una broma, però se'm va avançar. «Alguna cosa va passar pel camí», va deixar anar, i crec que vaig fer un gest d'assentiment. «A mi», va continuar, «m'ho va espatllar tot un borratxo. No suporto la gent que beu, i m'he fixat que tu no beus mai». La memòria se'm va encendre com un foc que consumeix plàstic, o neumàtics: un fum negre i espès, enmig del qual tornava a aparèixer, sense cap raó que ho expliqués, la imatge de na Taylor, jugant amb un moixet. Com per contradir el tòpic sobre gats i gossos, li agradaven molt, els moixets. «Vaig beure molt», vaig respondre, «però va ser en una altra vida». Na Bali m'escoltava amb atenció. «I ho vas espatllar tot amb la dona de la teva vida», va concloure. «Sí», vaig respondre. «Bé, de fet amb algunes. Algunes dones de la meva vida». «I és per aquest motiu que ara vius amb una gossa. Que hi vivies», es va corregir. «Vaig pensar que era una bona idea», vaig sospirar. «Però algú va trobar que escampar verí, o donar-lo a la gossa, era una idea encara millor que la meva». Estàvem despullats enmig de la cridòria i dels llums estroboscòpics. «No entenc quin sentit té matar la mascota d'algú altre», vaig reflexionar. «Fer mal», va respondre de seguida na Bali, «no ho dubtis». «Però fer mal, per què?». «Per fer-ne, això és tot».

Els del numeret pornogràfic sortien de l'aigua entre aplaudiments. Vaig notar de cop i volta una sensació intensa de cansament: damunt les espatlles, per tota l'esquena, als malucs i les cuixes, fins als peus. Era un cansament profund però dolç, que semblava que tan sols demanés no ser negligit. «Hi ha persones que no entenen res d'allò que els passa», va reflexionar na Bali, i no vaig entendre si ho deia en referència a mi, o a ella, o a tots els de la festa. «Crec que m'estiraré una estona, estic cansat», vaig dir, i em vaig allargar d'esquena damunt l'arena. Ella va fer el mateix. No la veia perquè m'havia posat un braç damunt els ulls, que tenia tancats, per protegir-los de les pampallugues i les coloraines que emetien els focus, però la sentia al meu costat, ajaguda. També em sentia el penis, no erecte, però sí tebi damunt la pell de l'engonal, com si esperés alguna cosa. Vaig pensar que havíem arribat allà per algun motiu, que érem una dona i un home i tots els noms de tan fràgil bellesa, com en el poema de l'Espriu, i que segurament em devia correspondre a mi emetre algun senyal d'interès per na Bali. Em va venir a la memòria aquell relat famós d'en Vargas Llosa sobre un noi a qui un gos se li menja el penis de viu en viu, l'esgarrifança que vaig sentir en llegir-lo a l'institut, i vaig pensar que tampoc era tan dolent ser un escriptor fracassat si a canvi t'estalviaves de convertir-te en un mamarratxo.

«On és na Taylor?», vaig sentir que preguntava una veu de dona, i de seguida em vaig adonar que no era la de na Bali. Vaig sentir una cosa peluda que em fregava la cara i vaig comprendre que era en Kiwi, el yorkshire nan amic de na Taylor que m'ensumava i em recorria el front amb el mostatxo. Qui preguntava era la seva mestressa, l'accent andalús, i vaig sentir un torbament absurd, com si de sobte na Bali hagués descobert que jo tenia, d'amagat, una relació amb una altra dona, com si tingués cap mena de relació amb cap de les dues. «Segur que l'has deixada morir», em va retreure la veu de la mestressa d'en Kiwi, enfadada. Em va saber greu que em veiés despullat, però sobretot em va ofendre que em parlés d'aquella manera. Quan vaig retirar el braç de damunt dels ulls per respondre-li, vaig descobrir que el sol començava a clarejar. La festa havia acabat, i a la platja només quedaven empleats que desmuntaven els altaveus, la tarima i les barres, i grupets aïllats que encara bevien, asseguts aquí i allà com si fossin de campament i s'estiguessin fent confidències.

Dos

Dir que clarejava era en realitat excessiu. El que hi havia era la llum escassa que el sol amb prou feines aconseguia filtrar dins un cel roig, carregat de terra. L'aire humit s'aferrava a la pell, com un disgust. Jo estava despullat damunt l'arena, però al meu costat no hi havia ni rastre de na Bali ni, per descomptat, del gos Kiwi i la seva mestressa. De seguida van aparèixer els de la brigada de neteja, i això em va fer espavilar a la recerca de la meva roba, abans no me la prenguessin, com en un gag d'algun vell programa televisiu d'humor. Em va costar trobar-la, perquè no era capaç d'ubicar, de memòria, el punt en què na Bali i jo ens havíem desvestit. Això em va obligar a basquejar una estona per aquell rodal, nu davant dels peons de la brigada municipal i dels empleats que carregaven els altaveus i tota la resta dins un gran camió. Em feia vergonya, a pesar que ningú em mirava. Finalment vaig trobar la roba; no hi faltava res però els pantalons i les sabates estaven bruts de terra roja i de taques i restes de carbó vegetal. A més, tota la roba era plena d'aquella arena desagradable i molesta, que immediatament em va fer picar el cos arreu. Dins els pantalons hi havia el telèfon mòbil, que no tenia cap trucada perduda ni cap missatge enregistrat. Tant era, tot i que reconec que m'havia passat pel cap la possibilitat que algú hagués volgut trucar-me. Na Bali era en aquell moment qui m'hauria fet il·lusió, però ja sabia prou que ella no tenia el meu número. Potser en Rubí, quan descobrís les meves telefonades del dia anterior, però encara era massa d'hora. Vaig respirar fondo i em vaig adonar que la camisa feia olor de suor. Vaig pensar que era olor de gos.

El dia començava feixuc i a la vegada s'intuïa, dèbil, l'esperança d'una pluja o una tempesta que vingués a refrescar, ni que fos momentàniament, l'aire massa dens. Vaig decidir que aniria a casa, tot i que em feia mandra. Mandra, no: més aviat m'irritava, m'enervava. Tan sols la hipòtesi de trobar-me amb el veí de l'adossat de la dreta, que sens dubte voldria increpar-me després de l'enganxada que havia tingut amb en Paco, m'encenia la sang. També em molestava la perspectiva de creuar-me el de l'esquerra, amb el seu mutisme. Però no era en ells que havia de pensar. Necessitava arribar a casa, dutxar-me, rentar-me d'una vegada la brutor que duia aferrada, menjar alguna cosa i estirar-me al llit. Dormir tant com pogués, tal vegada tot el dia. Això mateix: deixar passar aquell dia com si no existíssim, ni el dia ni jo, i esperar a comprovar com em despertava, quan em despertés. Recordava una ocasió, quan era jove, que vaig agafar una grip. Vivia aleshores a Barcelona i compartia un pis amb uns companys. Em vaig ficar al llit un migdia i me'n vaig llevar al capvespre, però del dia següent. Havia dormit més de trenta hores seguides, sense aixecar-me més que per anar al lavabo, o a beure una mica d'aigua. Vint anys més tard, tornava a necessitar una cura de son com aquella. Quaranta anys més tard, tornava a necessitar que la meva mare vingués vora el meu llit i em posés la mà damunt el front i em fes una besada a la galta i em fes resar, potser, una avemaria.

Estava decidit: aniria a casa a dormir llargament, i quan em trobés millor, telefonaria a en Rubí, o aniria a la seva consulta, i m'asseuria amb ell davant les vitrines amb les pinces i li explicaria què havia passat i què hi havia fet jo. Però abans vaig pensar que m'arribaria al local d'en Miro, perquè no devia fer gaire estona que na Vera havia abandonat la platja, i tal vegada encara els trobaria i em farien un cafè i podria menjar algun dels seus pastissets abans de retirar-me. Vaig pujar els escalons que separaven la platja de la primera línia, disposat a travessar el passeig marítim. El primer que vaig veure van ser dos cotxes de la policia local i dues furgonetes de la nacional, aparcats sota les palmeres més pròximes al local d'en Miro, amb els llums encesos. Hi havia un remolí de gent al voltant, i es percebia l'agitació de lluny. Els altres locals, també la discoteca Ambros i el xiringuito Six, a la primera línia, estaven tots tancats.

«Han mort en Caminada», em va informar en Miro, tan bon punt m'hi vaig acostar. Entre el grup de gent que s'havia reunit davant del local —clients del carrer del Pernil, turistes matiners que sortien a córrer o a nedar— vaig reconèixer els pares dels nens que, al vespre, havien creuat el carrer per acostar-se als que sèiem a la barra i somriure'ns. Ara els infants no hi eren, i els pares feien cares de consternació i de por. Em vaig adonar que qui parlava amb la policia, en aquell moment, era precisament na Vera. «No te'n vagis, voldran parlar també amb tu», em va ordenar en

Miro. No vaig dir res i em vaig disposar a esperar que em toqués el torn de ser interrogat. La sal adherida a la pell i l'arena aferrada a la roba em picaven més a cada instant. Unes passes més enllà em vaig adonar que hi havia en Paco, assegut a terra, amb els genolls agafats amb els braços i el cap aixecat mirant al cel, plorant com una criatura. Vaig voler acostar-m'hi, però en Miro em va aturar amb un gest. Era millor que esperéssim que la policia acabés la feina, a en Paco ja li havien agafat l'atestat i els havia respost correctament; a continuació s'havia ensorrat. A na Bue, en canvi, se l'havien hagut d'endur en una altra furgoneta perquè havia tingut un atac de nervis. Era la persona amb qui en Caminada havia passat tota la nit, anant i tornant del local a la platja. La tindrien retinguda, o detinguda, o potser ingressada, però segur que no la inculparien, perquè ella no havia estat. Hi havia molts testimonis del que havia passat: un desconegut que venia cridant pel carrer va topar amb en Caminada i li va donar un cop al pit amb un objecte que duia a la mà. Una ganivetada al cor: en Caminada va fer algunes passes amb les mans al pit fins que va caure desplomat, davant del Deutscher Kiosk. El desconegut va seguir el seu camí i es va perdre passeig marítim enllà, cridant, tal com havia aparegut.

Uns altres cotxes de policia rastrejaven la zona per trobar-lo. La corrupta i incompetent policia de Bellavista, vaig pensar, però em vaig guardar de dir-ho en veu alta. En comptes d'això vaig preguntar a en Miro si havia vist na Bali, però em va respondre que no l'havia tornada a veure d'ençà que havíem sortit tots junts cap a la platja. «També en Caminada», va recalcar en Miro, com si esmentar-ho hagués de servir per a res.

Vaig respondre les preguntes dels agents amb tanta claredat com vaig poder, i també em van sotmetre a un test d'alcoholèmia i drogues. «Va vostè molt brut», em va recriminar un dels policies, quan vam haver acabat. Vaig tenir la temptació de contestar amb alguna impertinència, però em vaig reprimir. Em vaig acostar a en Paco, que continuava plorant assegut en terra, i li vaig posar una mà damunt l'espatlla. No va aturar el plor ni em va respondre amb paraules, només amb una mirada perplexa i trista. Després vaig saber que, naturalment, tan bon punt l'havien identificat li havien vist els antecedents, i que dos dels agents —el que m'havia dit que anava brut, i la seva parella— havien decidit divertir-se humiliant-lo. Se'n van riure davant de tothom, li van dir gandul i ionqui, dues coses que en Paco no era. Vaig anar fins al davant del Deutscher Kiosk, on l'ambulància havia hagut d'acudir a aixecar el cadàver d'en Caminada. Hi havia la taca de sang damunt el paviment, que netejarien els de la brigada municipal però que deixaria marca bastant de temps, fins que s'esborraria sota l'efecte de la intempèrie, el trànsit i la porqueria que tirava la gent a terra. Mirava la taca i em costava d'assimilar que aquell rotlle obscur fos la sang d'en Caminada. Em vaig sentir fora de lloc quan em va venir el pensament idiota que el pobre Caminada ja no escriuria mai el reportatge sobre com en Paco i jo havíem dut a enterrar na Taylor en el cotxe d'en Miro, contravenint no sé quantes lleis. L'assassí d'en Caminada va ser detingut al cap d'un parell de dies voltant a prop de la pedrera, van haver de ser els obrers els qui donessin l'avís. La policia no havia sabut trobar-lo; el més probable era que no hagués ni provat de fer-ho. Quan el van detenir estava deshidratat i confós. Va resultar ser un polonès d'uns cinquanta anys, que havia complert condemna al seu país per haver mort la seva exdona, a pesar de tenir-hi una ordre d'allunyament. Després de matar en Caminada havia continuat el seu camí, primer pel passeig marítim i després per l'avinguda Quint Cecili Metel, i havia ferit dues persones més. Havia començat a cridar dins el Bierkönig, d'on havia sortit fet una fúria sense que ningú en sabés el motiu. Després havia agafat un ganivet del grill d'hamburgueses i salsitxes i a continuació s'havia limitat a avançar en línia recta, fent caure qui trobés al seu pas, sense aturar-se ni mirar enrere.

Matar pot ser trivial; morir també, però res no suprimeix l'espant. Imaginava l'horror que devia sentir en Caminada en comprendre que s'estava morint, mentre feia unes darreres passes vacillants abans de caure, vençut, al mig del carrer. Un dia, en Caminada va ser un infant i va començar també a caminar amb unes primeres passes dubtoses, aquí caic aquí m'aixeco pel passadís o la sala d'estar o la galeria de casa seva, unes primeres passes tímides i frisoses que sens dubte van merèixer el somriure i l'aplaudiment dels pares, dels avis, dels germans grans d'en Caminada. Cap d'ells no hi era per veure com la seva vida finalitzava amb unes altres passes descompassades i sense esma, l'home alt i robust trontollant de matinada en uns carrers de mala reputació, la mà damunt la ferida del pit, com si tapant-la pogués evitar que s'hi escolés la vida juntament amb la sang que en brollava. En Caminada que es tornava a moure com quan tenia pocs mesos de vida i ja només n'hi quedaven uns pocs minuts, observat tan sols pels estranys que se'l miraven mentre recorria aquests metres escassos amb la boca i els ulls badats, com si fos la primera vegada que veia aquell lloc, com si de cop i volta s'hi hagués despertat just a temps per morir-s'hi, i no se'n sabés avenir. Imaginava, sí, en Caminada caient a càmera lenta, un efecte que detestava a les pel·lícules perquè trobava que feia un subratllat massa evident, i em preguntava si encara devia sentir el dolor del cop al cap, i a la cara, en topar contra l'asfalt, i com devia ser rebre una ganivetada al cor, si devia ser un dolor viu i lacerant o, per contra, una sensació sorda i esmorteïda, si es devia sentir el fred del metall a la carn, com han reiterat tants de poemes i tantes lletres de cançons, o si devia ser més aviat com quan ens fem un tall a un dit amb la vora d'un full de paper o amb una fulla d'afaitar, una incisió ràpida que causa una esgarrifança, i em demanava si el cor devia reaccionar alterant el ritme del seu batec, alguna forma de taquicàrdia, o senzillament la palpitació s'alentia, sense que en Caminada ho notés, a mesura que la sang s'escolava.

No tan sols en Caminada, també el seu assassí havia estat, algun dia, una criatura dolcíssima, un infant de sucre i mel que havia despertat la tendresa, i avivat les esperances, i merescut l'amor més sincer i desinteressat de sa mare, i de son pare, i de tots quants l'envoltaven. Tinguem-ho ben present: molt de temps abans de ser un borratxo greixós que pegava a la dona amb la corretja dels pantalons, molt abans que la dona aguantés, anys i més anys, els crits i els insults i els cops de puny a la cara i a l'estómac, molt i molt abans que tingués per primera vegada el pensament de matar-la, i encara molts d'anys abans que la tingués davant seu caiguda en terra, agonitzant als seus peus adreçant-li una darrera mirada d'horror o de repugnància o de reprotxe o d'amor, i encara molts més anys abans de sortir de la presó i no saber què havia de fer amb ell mateix, i de finalment decidir que podia provar sort en un lloc promissori només per als desarrelats sense futur com ell, un lloc de la perifèria d'Europa com Bellavista, molts d'anys abans d'agafar una gatera monumental dins el Bierkönig i d'enrabiar-se per qualsevol niciesa, i de prendre un ganivet al xibiu de les hamburgueses i sortir carrer avall disposat a apunyalar el primer que se li posés al davant, i que aquest primer fos en Caminada, molts d'anys abans de tot això, aquell individu havia estat un nen preciós, un infant amb una carona rosada i riallera, una criatura fràgil protegida pels pares, que tal vegada havien projectat en ell les expectatives d'una vida més pròspera, o amb més al·licients, o amb més estudis o amb més amor, o amb més del que fos, que la que ells havien tingut. A Gdańsk, o a Cracòvia, o a Varsòvia, o a Poznań, o a Radomsko o a Wodzisław Śląski, a Silèsia, o a la Pomerània, o a Opole, a Podlàquia o a la Subcarpàcia, allà on fos de Polònia que hagués nascut l'home que havia d'acabar assassinant en Caminada impulsivament i a sang freda, allà, tret d'algun infortuni, devia haver estat un nen volgut i estimat, nascut sense cap més càrrega que les il·lusions dels seus progenitors. Tinguem-ho present, recordem-ho: tots els subjectes cruels, o estúpids, o repulsius, han estat en el seu dia criatures adorables. Tenim tendència a creure, sense adonar-nos-en, que els infants venen del futur i que d'alguna manera ens hi han de dur. A ningú se li acudeix que el futur pugui consistir en un crim, i que un infant pugui ser l'home que cau mort damunt la immundícia d'un carrer d'una zona turística, i que l'altre infant arribi a ser el criminal que administra la ganivetada mortal.

Després ve la descomposició, etcètera. En Miro se'm va acostar per darrere. «Com et trobes?», vaig sentir que em deia, i la pregunta, contra el que es pugui pensar, no em va semblar gens inoportuna. «Estic bé», vaig contestar, «I tu?». En Miro no va dir res però em va tustar l'espatlla. Em vaig girar i vaig veure na Vera, desinflada però dreta al costat d'en Paco, que encara estava assegut damunt la vorera però que s'havia aturat de plorar. Na Bali ningú sabia on parava, i na Bue es devia estar recuperant de l'atac d'ansietat, o a punt de patir-ne un altre. En Caminada devia ser dins una nevera a la morgue. És curiós que en aquell moment no caigués en el fet que mai més tornaria a veure cap d'aquelles persones.

Em vaig separar d'en Miro i vaig entrar a la part del carrer Bartomeu Salvà que anomenàvem del Pernil, aprofitant que la policia acabava de retirar el precinte que havien posat d'una cantonada a l'altra, des de la terrassa del Niagara fins a la porta del Safo's. Els locals, inclòs el Bierkönig i el San Siro, amb el seu cuixot de neó, estaven tancats, per bé que encara es veien els que hi havien quedat a dins perquè la policia els havia fet els ulls grossos: empleats, i alguns clients, que continuaven bevent o jugant als daus o esnifant cocaïna, o les tres coses alhora, damunt la barra, a la claror dels llums d'emergència, com espectres de la matinada. Començava a notar-se, al mateix temps, el tràfec de persones i de cotxes que iniciaven la jornada i passaven pel carrer de Trasimè, a pocs metres d'on jo em trobava, i tanmateix en un altre pla de l'existència, penjats d'un plec còsmic que no era el meu. Recorria el carrer del Pernil com un corresponsal de guerra que es preparés per enviar una crònica des del lloc dels fets, tret que ni Bellavista, ni la mort d'en Caminada, ni el que jo pogués dir-ne, no interessaven a ningú.

Em vaig posar a caminar carrer amunt. Només havia de continuar uns tres-cents metres més i travessar una avinguda per arribar al Parc de la Porciúncula, i això va ser el que vaig fer. La llum, a pesar que durant tot el dia mantindria el color terrós, anava guanyant contundència, i perfilava els objectes amb més nitidesa. Vaig pensar que caminar pel bosc em faria sentir potser millor, i no em vaig equivocar. Vaig arribar davant del portal amb aquell rètol que havia canviat el nom de Parc de la Porciúncula pel de Spiritual Island, amb el seu reclam de tirolines, i vaig constatar, com em pensava, que era obert de pinte en ample, sense portes ni reixes ni cap impediment. Això em va recordar una cosa que havia sentit de nen, o d'adolescent, i era que, el Parc de la Porciúncula, alguns l'anomenaven el Bosc dels Maricons, perquè hi acudien els gais a practicar el cruising. M'havia adonat que, idealment, m'hauria agradat ser homosexual, més que res per afegir al meu perfil un altre ítem que també fos improductiu i malvist. Però aquesta idea només em funcionava en el pla teòric; a la pràctica, havia d'admetre que no me n'hauria sortit. El meu egoisme no m'hauria permès ni tan sols córrer entre els pins i les mates del Parc de la Porciúncula amb la bragueta descordada. Quan un és negat per socialitzar, ho és en tots els supòsits imaginables. Sí que m'hauria agradat guanyar-me una dosi suplementària d'insults, una ració extra de menyspreu, a compte de la meva vida sexual, per pobra que fos. Hauria estat la manera de corroborar allò que sempre he sospitat sobre l'espècie humana, i sobre mi mateix. Però, com que tampoc he obtingut aquesta verificació, no val la pena que m'estengui en conjectures.

Els pins alliberen una gran quantitat d'oxigen, i això va fer que em trobés millor només de posar un peu dins la Porciúncula. Sempre havia trobat enigmàtic aquest topònim: de nen, perquè no sabia què significava i el trobava un mot amb una sonoritat curiosa, que jo associava, arbitràriament, amb la penicil·lina. I d'adult, perquè ja sabia que el sufix *-ula*, en llatí, indica diminutiu, i per tant, *porciúncula* no volia dir altra cosa que una porció petita. Però una porció petita de què? Ho ignorava, però aquell matí, després que matessin en Caminada, tenia una resposta plausible: una petita porció d'aire, just el que em calia per alenar. Vaig caminar dins els pins fins que vaig perdre de vista l'exterior del recinte, una sensació de llunyania induïda, falsa, però que em reconfortava. Vaig respirar fondo i vaig exhalar l'aire, tan lentament com vaig saber, una bona estona. Quan em vaig aturar de fer-ho, vaig notar que em marejava i que em rodava el cap. Vaig entendre que jo també estava a prop de l'atac d'angoixa i em vaig asseure a terra, amb l'esquena recolzada a la soca d'un pi. Aviat vaig notar alguna cosa que em recorria el coll i m'hi produïa picor, una irritació que se sumava a la que ja duia de la platja. Em vaig girar per observar la soca i em vaig adonar que era plena de resina i de formigues de cap vermell. La resina degotava fins que s'acabava acumulant i formant grumolls; les formigues anaven en filera per damunt la soca, de dalt cap a baix, i eren d'aquestes que, quan era nen, anomenàvem carnisseres, perquè mosseguen. «Allunya't dels pins, que agafaràs resina i hi ha formigues carnisseres». Sentia amb claredat la veu de la mare, no recordava haver tornat a veure formigues com aquelles des de la infància. En realitat totes les formigues en són, de carnisseres, però aquestes eren una mica més robustes de cos, i tenien un caparró vermell i un parell de mordales de prou envergadura perquè es veiessin a simple vista. Si es posen damunt la pell, és cert que fan pessigolles i, en algun moment, una espècie de pessic que deu ser la mossegada. De mica en mica notava que m'anava tranquil·litzant, tornava a respirar i a olorar amb normalitat. L'aire de la Porciúncula feia olor d'aire, a pesar de la calor. I també, gràcies a la calor, estava perfumat de pi i de resina.

A l'església de la Porciúncula, en canvi, hi vaig trobar olor de lleixiu. M'hi vaig acostar d'esma, convençut que la trobaria tancada, però vaig tenir la sorpresa, agradable, que hi havia dues dones que hi feien la neteja i tenien les portes ben obertes, tant les principals com una de les laterals. No em van dir res quan em van veure entrar: tan sols una d'elles em va dirigir una mirada que desaprovava el meu aspecte, però jo li vaig respondre amb una altra que li donava la raó i que li demanava que no em jutgés massa severament. Em vaig adonar que hi havia aigua dins la pica i hi vaig ficar els dits. Tornava a tenir vuit o nou anys i aquella església em sorprenia novament amb la seva planta ovalada, només que aquesta vegada, a l'inrevés del que sol succeir quan revisitem llocs de la infància, em va semblar més gran de com la recordava. Amb la mà esquerra em vaig agafar el dits de la dreta, mullats d'aigua beneïda, i vaig contemplar els vitralls, alts i amplis, que representaven escenes del Nou Testament i que formaven, darrere l'altar, un hemicicle de vidre pintat que continuava a banda i banda del temple. Estava envoltat per la bona samaritana, els deixebles a la taula del Sant Sopar, el Mont de les Oliveres, el Gòlgota i la multitud que aclamava Jesús a la seva entrada a Jerusalem, damunt l'ase, i m'impressionava que les figures fossin d'unes dimensions que duplicaven la humana, compostes amb plaques de vidres de colors càlids, que semblaven a punt d'animar-se amb la llum que els entrava pertot arreu, massiva, detonant.

Em vaig asseure en un banc de la part del darrere, assegurant-me de no destorbar les dones de fer feines. Els sons que feien elles en moure's es perdien de seguida dins l'espai buit de l'església: no començava a penes a sentir-los, que ja s'apagaven. Com si el lloc mateix me les fes venir al pensament, vaig evocar, de memòria, una de les «Sacre melodie» de Gabrieli. Però va ser debades, perquè, tan bon punt la música començava a prendre forma dins el meu record, el silenci s'imposava i el record emmudia. Això em va xocar fins al punt que, si l'evocació de Gabrieli m'havia vingut de manera diguem-ne fortuïta, després ja vaig intentar expressament fer acudir altres músiques a la memòria. Cada vegada els intents van ser fallits: amb l'«Agnus Dei» d'una missa de Palestrina, amb un nocturn de Liszt, amb la «Tabula rasa» d'Arvö Pärt, amb el «Magnificat» de Bach en la versió de Jordi Savall, amb cap d'aquestes peces no me'n vaig sortir. A penes arribava a fer despuntar dins el meu cap un esbós de compàs, un pressentiment de melodia, que de seguida quedaven abolits per la presència aclaparadora del silenci, que, dins aquell espai, exigia tota l'atenció. L'arquitecte Ferragut havia pensat en la necessitat de protegir el silenci en un lloc d'oració, i ho havia aconseguit amb escreix. Després, l'havien mort d'una pallissa. Havien trobat el seu cos, colpejat i nafrat, en un carreró d'un polígon industrial, on l'havien dut, o on havia anat a parar, una matinada incerta. Cossos morts per la violència: el d'en Ferragut, el d'en Caminada, el de na Taylor. Morts sense pregunta, i per tant sense resposta. Dels tres, només d'en Caminada podia dir que tenia una vaga idea de qui era el seu assassí, però només em servia per constatar que aquesta informació era fútil. Quina importància tenia que l'hagués mort aquell polonès begut, o que ho hagués fet qualsevol altre? El rostre, el nom, la identitat de qui mata no tenen interès ni rellevància, són intercanviables. En Caminada era viu, i al cap d'uns segons, era mort. Qui ho hagués fet, tant era. L'agonia d'en Ferragut degué ser més llarga. La de na Taylor havia estat terriblement llarga, i pel que feia a mi, en certa manera, encara no s'havia acabat. Però conèixer la identitat concreta de qui va apallissar l'arquitecte, o de qui va enverinar la gossa, al capdavall no aportava res. Quan algú mata algú altre, queden dues certeses: els morts no tornaran a la vida, i, en futures ocasions, segur que hi haurà algú, qui sigui, disposat a exercir de botxí. La voluntat de matar va inclosa dins la naturalesa humana; després pot ser qualsevol qui la dugui a terme, generalment en funció de les circumstàncies. En una majoria de casos, éssers valuosos acabaven sent eliminats per d'altres que no valien res. La vida de na Taylor era, sens dubte, molt més valuosa que la de qui la va intoxicar.

A la lleixa del banc del davant hi havia uns Evangelis, una d'aquelles edicions amb tapes de pell flexibles i paper bíblia. El vaig obrir a l'atzar i em vaig trobar a Joan 5, 1-9, el passatge del paralític. «S'esqueia una festa dels jueus, i Jesús pujà a Jerusalem. Hi ha a Jerusalem, vora la Porta de les Ovelles, una piscina, anomenada en hebreu Bezatà, que té cinc pòrtics, on jeia una multitud de malalts, cecs, coixos, baldats. Hi havia allà un home que estava malalt de feia trenta-vuit anys.

En veure'l Jesús ajagut i sabent que es trobava així ja de molt temps, li diu: "Vols guarir-te?". "Senyor", li respon el malalt, "no tinc ningú que em fiqui a la piscina, així que es remou l'aigua; i, mentre jo hi vaig, un altre hi baixa abans que jo". Jesús li diu: "Aixeca't, pren la llitera i camina". A l'instant l'home es trobà sa; prengué la llitera, i caminava».

Trenta-vuit anys malalt és tota una vida, vaig pensar, i a continuació vaig sentir unes ganes, certament lamentables com al poema de Miquel Bauçà, d'anar al centre comercial. M'hauria agradat tenir la facultat de transmigrar i comparèixer, sense esforç, al hall del Bellavista Fan Shopping Center, armat amb un somriure i una targeta de crèdit. Compraria tecnologia, o roba, o electrodomèstics, i entraria a dinar i a sopar a restaurants que oferissin imitacions de gastronomia peruana, tailandesa o cubana. Entraria al supermercat, arrambaria amb un munt de viandes de la botiga de delicatessen i me les enduria a una nova casa, un apartament que compraria avui mateix i que ompliria amb mobles de disseny, lluny de la vulgaritat estàndard dels xalets adossats. Després convidaria a sopar alguna dona, ella acceptaria la invitació encantada i sens dubte la seduiria amb la meva conversa. Només havia de decidir quina dona convidaria, i això ja se'm feia més difícil. Tenia clar que no havia de ser na Bettina, però més enllà d'aquest punt, em costava decidir-me. Convidar na Bali m'hauria agradat, però no sabia on trobar-la. A na Bue la devia poder trobar a un hospital o a una comissaria, però devia estar patint un xoc posttraumàtic i segurament no li vindria de gust la invitació. No podia convidar la mestressa d'en Kiwi, el canet, perquè no sabia com es deia i, a més, en el cas improbable que es decidís a venir, em recriminaria haver deixat morir na Taylor. Dir-ho a na Vera era la darrera opció, però no ens agradàvem gens, i valia més no temptar la gelosia d'en Miro. No tenia, en resum, ningú a qui convidar, perquè no coneixia ningú que pogués tenir interès a rebre la invitació d'una persona com jo.

Si en un cert moment vaig deixar d'escriure va ser per falta de talent: na Bali podia no creure-s'ho, però era tan senzill com això. No havia estat una decisió, tan sols una evidència que s'havia imposat pel seu pes. No tinc el talent que cal per donar-li a un text cap tipus de valor artístic, i tampoc la capacitat d'expressar res que no se li pugui acudir a tothom. En un percentatge ben elevat, qualsevol altre escriptor tindrà sempre més gràcia i encert que no pas jo. Al cap i a la fi, se suposa que un escriu perquè té alguna cosa a dir als altres. Un escriptor és algú que deu posseir l'habilitat de fer pensar els altres, o almenys d'entretenir-los, o totes dues alhora. Malauradament, jo no tenia cap de les dues coses. Estava desproveït de talent, això era tot i ho havia d'admetre. És cert que llegia, publicats, textos tan mediocres com els meus o encara més i tot, però, d'aquests, jo no me'n podia fer responsable. Dels meus, sí. De mica en mica es va anar fent obvi que l'única manera d'assumir aquesta responsabilitat, i de fer-ho de forma conseqüent, era aturar-me d'escriure. No tancava del tot la possibilitat de tornar-hi, per què negar-ho. Però sense aspiracions: si a la meva edat encara no havia escrit res de valor, era del tot improbable que ho fes en els anys a venir, en fossin molts o pocs.

M'explicava novament això a mi mateix, com havia fet tantes altres vegades, mentre vorejava la pedrera. Havia sortit de l'església primer, i del Parc de la Porciúncula després, amb el propòsit cert d'arribar al centre comercial, tot i saber que no tenia res a fer-hi, segurament amb la idea d'allargar encara una estona més el moment de tornar a casa. Però quan vaig haver sortit del nucli urbà, en comptes d'avançar en direcció a l'aeroport, com havia d'haver fet si volia arribar al Bellavista Fan Shopping Center, em vaig deixar endur per la inèrcia. La frescor del pinar de la Porciúncula i el silenci de la seva església havien quedat enrere, i ara caminava per la via de servei, i procurava mantenir la boca closa per no engolir la pols de la pedrera i l'aire sufocant del dia. Des de dalt veia els camions i els grans vehicles eruga que pujaven i baixaven els costers enormes del cràter de la pedrera, com si es trobessin a la superfície de la lluna, que curiosament encara es podia veure dins el cel brut i calent de mig matí. De la superlluna rutilant de la nit anterior en quedava amb prou feines un disc desdibuixat, com la marca que podia quedar a la pell en esborrar-ne un tatuatge de henna. Però als meus peus, dins la concavitat cremada i polsegosa de la pedrera, els motors dels camions rugien per no tombar de costat; bramaven com si de la força dels seus cavalls mecànics en depengués la possibilitat d'extreure no tan sols picadís i pols tòxica triturada, sinó algun sentit, algun sentit d'alguna cosa. Ben mirat, qui volia anar al centre comercial si es podia entretenir contemplant la pedrera? I, abans, la Porciúncula, un recinte que amagava una església circular i un pinar infestat de formigues carnisseres. Cada lloc per on passava es podia mirar com a parc temàtic, com a asil o com a desguàs, i això valia per a la Porciúncula i per a la pedrera, per a la primera línia i per al carrer del Pernil, per al Verí i per a la Banya, per a tot Bellavista i per a tota l'illa, i sens dubte, per a Europa sencera.

«Volem respirar», demanava encara una de les pancartes dels veïns, cansats de no poder obrir les finestres. Si ho feien, l'interior de casa seva quedava colgat per la pols de la pedrera. En aquell moment no podia saber-ho, però és possible que el polonès que havia mort en Caminada deambulés per aquell rodal. No recordo haver vist ningú per allà tret dels obrers, però és possible que, de la mateixa manera que jo m'havia acostat al cràter fins més a prop del que se suposava que li era permès al personal aliè a l'empresa, també ho hauria pogut fer l'assassí del meu amic. Suposem que hagués estat així, que coincidíssim el polonès i jo a la pedrera, i suposem també que hagués tingut manera de reconèixer-lo, de saber que ell era el personatge que, tot just unes hores abans, havia mort en Caminada. Suposant això, què hauria hagut de fer? Matar-lo? El temps no mitiga la ràbia, com volen suposar alguns: només la refreda i l'esmola, com una fulla de ganivet. El fet que en parli des del record no esmorteeix el sentiment. Els sentiments tenen mala fama, i amb motiu, però són importants, i és un error freqüent menystenir aquesta importància. Suposem que jo n'hagués tingut un, de ganivet, a la mà: hauria estat capaç de clavar-l'hi al polonès al cor com ell va fer amb en Caminada, allà mateix, a la vora del cràter de la pedrera, i fer-lo rodolar a continuació pendent avall, perquè morís amb la boca i els ulls plens de pols, i el front cremat pel sol? No ho puc saber del cert, però puc afirmar que m'hauria agradat poder contestar que sí, i encara ara m'agradaria tenir-ne l'ocasió. Amb gust retrocediria en el temps per tornar a ser a la pedrera aquell matí d'estiu, sota el mateix cel amb trombosi, i acabar amb la vida d'un desconegut, de la mateixa manera que ell havia acabat amb la del meu amic. No exactament de la mateixa manera, al cap i a la fi: per part meva es tractaria d'un acte de venjança, mentre que ell havia mort en Caminada des de la indiferència, com si es tractés d'un acte quotidià, anodí. En tot cas, jo no hi tenia res a perdre, i ell encara menys. D'alguna manera, per a algú com el polonès, la mort havia de representar una forma d'alliberament, la feliç porta de sortida que li permetés anar-se'n d'aquest món i deixar d'embrutir-lo amb la seva existència. I a mi, tot el que em podia passar era ser detingut, jutjat, condemnat i empresonat, un pla de vida més atractiu, sense cap dubte, que el que tenia per davant.

Més excitant, segur: almenys tindria alguna cosa a explicar a algú, als guàrdies de la presó, o als altres presos. Sí, decididament m'hauria agradat molt matar el polonès, i també, per què no, qui fos que va enverinar na Taylor. Segurament mai sabré qui va ser, i encara menys, si va escampar el verí sense pensar en cap objectiu concret, o si, per contra, ens buscava a na Taylor i a mi. Però sí que sé que m'hauria complagut col·locar-li un embut dins la boca, i deixar-hi caure una bossa o un paquet de la mateixa porqueria amb què va provocar a la meva gossa una mort tan bruta. El ressentiment no és més que un sentiment covat, i el que jo cercava era algú a qui blasmar i voler mal, com a torna del mal causat a algú que estimava. Els estimava? En Caminada i na Taylor eren els únics que m'escoltaven quan els parlava, sobretot na Taylor. Això era el que sabia del cert.

Vaig baixar, capficat, el desnivell de la pedrera, i vaig recuperar la via de servei per dirigir-me al caminal. En arribar-hi em vaig fixar per primera vegada en un rètol que donava notícia del topònim: Caminal de les Forques, s'hi llegia, i em va semblar adequat. Vaig seguir la mica de pujada fins que vaig arribar a dalt del pendent i em vaig aturar per girar la vista enrere, cap a Bellavista, i aleshores em vaig sobresaltar. Bellavista, tal com jo la coneixia, no hi era: en el seu lloc apareixia, imprès damunt l'horitzó, un gran núvol platejat, iridescent, que contenia un cúmul de perfils esborrats, com les taques lunars que, quan era infant, m'explicaven que eren l'ombra de l'Home de la Lluna. En pocs segons, però, els ulls es van adaptar, la visió es va fer més neta i em vaig tranquil·litzar. El que veia no era altra cosa que l'efecte òptic de la liqüefacció del terreny, causat per una calitja tèrbola i densa. Però havia estat suficient per imaginar Bellavista devastada per un terratrèmol, o per una tempesta de sorra movent.

Els escassos sementers que tenien conreus havien estat segats. Els pagesos havien fet les messes, com li havia sentit a dir a mon pare, però quedaven els rostolls i l'herbei, que es deixaven assecar al sol per desídia. Dins la vegetació mig rostida, de sobte, em vaig adonar d'uns conills que corrien, i això em va alegrar, amb una alegria que tornava a ser infantil. Un dels primers records que conservava era de quan devia tenir uns tres anys: la gàbia de conills que tenia al corral de casa seva un home a qui jo deia tio, i que en realitat era l'amo del pis on els meus pares i jo vivíem de lloguer. La gàbia era gran, tancada amb filferro, i el filferro permetia veure, a l'interior, la mitja dotzena de conills que hi habitaven, i que s'anaven renovant al ritme que l'amo i la seva muller se'ls cruspien, ben guisadets amb ceba. M'asseia a terra, al passadís estret que feia el corral davant la gàbia, entre tomatigueres o faveres, i passava llargues estones mirant els conills. Em produïa felicitat veure'ls moure el musell per rosegar el segó o les restes d'hortalisses amb què els alimentaven, i també m'entusiasmava veure'ls moure les orelles, fixar els ullons en els meus com si volguessin correspondre la meva atenció, o com si tinguessin alguna cosa a dir-me. La meva simpatia pels conills feia riure els adults, i jo, com tots els infants quan s'adonen que fan gràcia, devia riure també celebrant les rialles dels grans. Molts d'anys després, m'havia de fer somriure na Taylor quan l'alliberava de la corretja i l'arnès, i sortia corrent disparada tan bon punt veia un conill, per perseguir-lo. Com que no era caçadora mai no en va capturar cap, però a mi em causava alegria veure-la córrer, i després, quan tornava de buit però tota contenta, com si hagués realitzat una proesa, em treia de dins la butxaca una de les galetes que ja duia preparades per als moments en què la volia premiar, i l'hi donava a la boca o la feia saltar enlaire, perquè agafés la galeta al vol, i ella ho feia i seguíem caminant tots dos, l'un al costat de l'altra, sense perdre'ns de vista.

Em vaig endinsar pel caminal fingint que caminava sense rumb, però en realitat era ben conscient que em dirigia a l'indret on, la tarda anterior, en Paco i jo havíem enterrat na Taylor. Pel camí no vaig trobar ningú tret d'un home que semblava estranger i que deambulava per dins el tros, fora dels camins, acompanyat per tres dàlmates espigats i bonics. L'home em va saludar de lluny aixecant una mà i jo vaig fer el mateix; després, ell i els dàlmates varen desaparèixer de la meva vista. Més endavant va sonar, o em va semblar que sonava, també llunyà, el dring d'uns picarols. Era al revolt on m'havia trobat amb el pastor Ramon, les ovelles i els gossos Pau i Miquel, però no en vaig veure ni rastre, només en vaig sentir les esquelles i els esquellots. Em vaig enfilar damunt la paret seca i vaig mirar en totes direccions, però, fins allà on m'arribava la vista, no es veia ningú. Sota la camisa i els pantalons sentia la picor de la pell, i les plantes dels peus em suaven dins les sabates, enfarinades per la pols i la terra que m'hi havia entrat. El sol era ben alt, devien ser els volts del migdia.

Hi tornava a haver, davant meu, els garrovers, les figueres, la barraca amb el sostre de volta i, més enllà, la gran alzina. M'hi vaig acostar per comprovar que tot seguís en ordre, i hi seguia. La sepultura de na Taylor estava com l'havíem deixada; ningú hi havia anat a cavar després que nosaltres, amb les pales, haguéssim allisat la terra, i tampoc hi havia anat la salvatgina a gratar. La meva estimada Taylor continuava allà baix, amortallada amb el llençol, i res ni ningú l'havia de venir a destorbar. No vaig plorar. Vaig voler improvisar una pregària, la titularia «Pregària per a una gossa». Vaig prendre una nota mental: «Desenes de gossos mosseguen un cos solar». Em vaig adonar que tornava a ser d'una inqüestionable mediocritat, i ho vaig aturar aquí. L'avantatge d'haver reconegut la pròpia manca de talent és que, almenys, un deixa d'insistir.

Em va arribar la flaire dèbil, però inconfusible, d'un cos en descomposició. No podia ser de na Taylor, venia de més lluny: algun altre animal havia d'haver mort per la zona. Em vaig fixar en la plataforma circular de formigó que havia descobert quan parlava amb en Ramon, i després en les altres dues que hi havia dins el mateix radi, envoltant la caseta que havia estat l'antic polvorí. Feia la impressió que les plataformes esperessin acollir novament les armes, per acabar la feina per a la qual van ser pensades. Fortificar el litoral de l'illa davant d'un atac republicà, durant la Guerra Civil, o d'un eventual atac aliat durant la Segona Guerra

Mundial, per bé que Espanya hi hagués mantingut la seva falsa neutralitat. Els feixistes aprofitaven l'excedent de presos que tenien de la Guerra, i els explotaven com a mà d'obra esclavitzada. Tenien camps de concentració fixos, amb presos a qui s'obligava a edificar quarters i instal·lacions militars, com el polvorí i les bateries antiaèries, i camps de concentració itinerants, amb homes que construïen xarxes viàries a punta de fusell, esperonats amb puntades de peu i cops de puny: més enllà d'aquells camins passava la carretera militar que encara es deia, precisament, la carretera dels presos. Treballaven de sol a sol amb el pic i la pala, i, al vespre, se'ls permetia beure aigua i se'ls escampava un sac de garroves pel terra perquè se n'alimentessin, com els porcs. Més endavant, quan el règim ja s'havia assentat i no se sentia amenaçat —li quedaven, per davant, dècades de poder—, moltes d'aquelles instal·lacions van ser abandonades, o desmantellades. Tampoc no hi havia diners per mantenir-les, ni per finalitzar el gavadal de projectes que la nova administració feixista havia aprovat anys enrere, amb l'eufòria i la frisança d'haver guanyat la Guerra.

La pudor d'animal mort es feia notar, s'entreverava amb l'aire quiet i dens, fins que de l'olfacte passava al gust, del nas al fons del paladar, i es mesclava amb la saliva. No provenia de sota l'alzina, però no podia ser de gaire lluny. Vaig començar a caminar una altra vegada, trepitjant terrossos, fins que em vaig situar al davant de la plataforma antiaèria. Just al mig de la circumferència, es veia encara el rotlle que marcava el punt previst per clavar-hi el peu metàl·lic que havia de servir de suport per a la metralladora, o per al canó amb què es disparaven obusos. Era fàcil imaginar els soldats disparant cap al cel amb artilleria feixuga, joves pagesos a qui s'havia tret de llaurar per anar a fer la guerra, fascinats per l'aventura, un fent passar la cinta de la munició dins les mans, l'altre apuntant cap a les avionetes o cap a les gavines, exaltats pel ritme i la melodia mecànica dels trets ininterromputs, que els percudien el pit i el ventre. Disparar i cridar, disparar i riure, amb una cigarreta a la boca i el sol als ulls, i potser un dia saltar d'alegria en adonar-se que una de les avionetes treia un fum negre i queia en picat, i desapareixia de la vista darrere del Cap Enderrocat, on hi havia el far, per anar-se'n a l'infern i no tornar-ne mai més. La felicitat salvatge de tenir la certesa d'haver abatut l'enemic, d'haver mort algú de qui l'únic que sabien era que havien rebut l'ordre de matar-lo. Havien traspassat una barrera, havien fet sang com els cans quan ataquen per primera vegada una guarda d'ovelles o un corral de gallines, i després ja en tenien set, qui sap si per a tota la vida, qui sap si els quedava molta més vida, una gran set per a la qual, com en el poema de Vinyoli, es feien copa dins la qual poguessin beure la sang dels enemics caiguts sota la feixuga duresa de l'obús o la pluja de bales escopides per la metralladora. Una vegada s'ha saltat la barrera no hi ha ocasió de repensar-s'hi, i l'únic que queda és esperar per tornar a matar o per ser mort.

Vaig continuar caminant cap a la caseta del polvorí, l'olor es feia més intensa a mesura que m'hi acostava. Vista de prop semblava encara més poca cosa. Envoltada d'herbes i matolls ressecs, amb les parets escrostonades, una d'elles —la que no es veia des del camí— decorada amb pintades. Hi havia dibuixos obscens, també unes calaveres mal dibuixades i unes lletres guixades amb carbó que lligaven amb un cor els noms d'uns tals Pedro i Ana. A banda i banda, pals d'electricitat amb els fils que feien panxa, com si estiguessin a punt de despenjar-se damunt el terrat de la caseta, que també estava envaït per les herbotes. Al voltant hi havia bosses de plàstic, envasos de brioixeria industrial, paquets buits de tabac.

La construcció era insignificant i desoladora, i a mesura que m'hi acostava, la pudor d'animal mort es va tornar més intensa i em va obligar a contenir la respiració. Em vaig preparar per trobar un gos mort d'una escopetada, com m'havia contat en Ramon que solien fer els caçadors, però no va ser així. Es va tractar d'una ovella, el cos de la qual, ja molt consumit, es trobava a un lateral de la caseta, a prop del que havia estat la porta, que estava condemnada amb totxanes i ciment. Mosques vironeres sobrevolaven les despulles de l'ovella, que havia estat menjada per les formigues i ensenyava l'os pelat de la mandíbula inferior que és pròpia dels rumiants, amb les dents que els permeten arrabassar l'herba quan pasturen. No es veien els famosos cucs de la putrefacció, de manera que vaig suposar que treballaven per dins. Vaig comentar amb mi mateix el fet que el cos d'una sola ovella pogués desprendre una ferum tan forta. M'havia posat una mà damunt la boca i m'obligava a reduir la respiració al mínim, però tot i així la pudor m'entrava dins el cos.

Estava a punt de girar cua quan vaig reparar en el finestró, l'únic que tenia la caseta, també tapiat com la porta. Que algú s'hagués pres la molèstia de tapiar un casetull com aquell em va semblar ridícul, de primer, i després em va intrigar. Això, i la necessitat d'allunyar-me de la pudorada, em van fer rodejar la caseta, amb la intenció d'examinar-la amb atenció abans de marxar d'allà. Aleshores em vaig adonar que uns matolls tapaven la base de la paret guixada amb grafits, i que darrere seu es mig amagava un forat de dimensions considerables. Em vaig ajupir i hi vaig guaitar: s'hi veien enderrocs, però també el que semblava un espai gran, com una habitació o un garatge.

Diuen que per entrar dins un forat s'ha de fer passar primer el cap, però jo hi vaig fer entrar les cames, i després el cos, fins que ja només em guaitava amb el cap a l'exterior. Procurava no respirar per evitar el fàstic. Vaig temptejar amb els peus fins que vaig tenir la sensació de trepitjar ferm, i aleshores vaig deixar anar les mans i els braços. Notava que m'havia esgarrinxat el ventre i el pit, i també els braços i les cames, i la coïssor que em va causar això es va unir a la picor i al malestar que arrossegava de feia hores. Entrava prou llum pel forat per adonar-me que trepitjava un replà, i que davant meu començaven a baixar uns esglaons amplis i llargs, que es perdien avall dins l'obscuritat. Em vaig censurar no haver pensat a comprovar, abans d'entrar, si em quedava bateria al mòbil: el vaig treure immediatament de la butxaca i vaig sentir alleujament en comprovar que feia llum. Només li quedava, però, un vuit per cent de bateria.

L'aire era més fresc a l'interior, i refrescava una mica més a mesura que es baixaven els esglaons, a pesar de la floridura, que ho dominava tot. Amb la llum escassa de la pantalla del mòbil —no vaig encendre la llanterna, per no esgotar de seguida la bateria— vaig veure que els esglaons em deixaven en un altre replà, sembrat de runa i enderrocs, a partir del qual s'obria un passadís. Les parets del passadís eren fetes també de formigó i estaven emblanquinades; damunt la calç es llegien tot de pintades, fetes amb carbó o amb esprais de diversos colors. N'hi havia unes quantes que eren obra d'una mateixa mà, i que repetien la paraula *follar*, en mida més gran o petita. Hi havia més inscripcions amb noms de parelles: vaig tornar a descobrir-hi el Pedro i l'Ana de la façana, però també molts altres noms: Madeleine i Tito, Cuco i Teta, Mimi i Nono i Duki, que donaven a entendre que havien baixat a la catacumba a ferhi un trio. Era obvi, en tot cas, que el lloc era força concorregut. Hi havia llaunes i vidres de botelles de cervesa pel terra, també llosques, puntes de cigarret esclafades, preservatius usats. Al final del passadís hi vaig trobar una inscripció d'una naturalesa diferent. Les lletres i els números eren típicament militars i havien estat pintats damunt la paret amb una plantilla. Indicaven, en castellà:

«Magatzem. Cap a la reserva central 1a 2a i 4a i P:M.». Sota les lletres, pintada amb traç gruixut, hi havia una fletxa que assenyalava cap endavant.

Unes poques passes més endavant, el passadís s'obria a una galeria de grans dimensions, àmplia i alta com un magatzem industrial. La llargària es perdia novament dins l'obscuritat; s'endevinava que anava fins ben endins, en tot cas més enllà d'on m'arribava la vista, malgrat que els ulls ja s'havien adaptat a la falta de llum i treien tant de rendiment com podien de la claror insuficient que desprenia el mòbil. El sòl era fet de terra pitjada i aplanada, i es mantenia prou llis i uniforme, a pesar d'haver transcorregut més de vuitanta anys des de l'inici de la Guerra. A banda de les deixalles dels que hi baixaven, s'hi trobaven només pedres i excrements de rata. La línia del sòcol seguia una inclinació lleu, i això volia dir que la galeria feia baixada i que, a mesura que s'hi caminava, es descendia cada vegada més.

El silenci era total i no sentia res més que les meves passes; en un determinat moment vaig sentir un so darrere meu i vaig tenir un ensurt. Vaig arribar a cridar dues o tres vegades si hi havia algú, però estava tot sol, tret potser d'alguna rata, que sens dubte era el que havia sentit. Tanmateix m'havia suggestionat i vaig sentir que em tornava a marejar. Em vaig recolzar amb l'esquena a la paret, esforçant-me per respirar a fons i no deixar que l'atac d'angoixa anés a més. Hiperventilava, de mica en mica vaig lliscar paret avall i em vaig asseure a terra, com ho havia fet al Parc de la Porciúncula, ja no sabia quan: abans o després que matessin en Caminada? Vaig seure una estona allà, enmig d'una galeria subterrània a les fosques, i per algun motiu em va venir al cap un dia que passejava amb na Bettina agafada de la mà per la festa major d'un poble. Hi havia uns músics que tocaven cançons famoses damunt un escenari, i joves i ancians que ballaven damunt la plaça. Després vaig tornar a pensar en na Taylor, en la mirada suplicant que em va fer abans de morir, i en la mirada gojosa que feia quan li llançava una joguina i sortia corrents a cercar-la i me la duia dins la boca, agafada amb les dents. Tenia una joguina de goma que representava una espècie d'hipopòtam i que emetia un xiscle agut, una espècie de xiulet, quan l'estrenyien. A ella l'entusiasmava aquell xiulet i podia jugar-hi molta estona, estrenyent el petit hipopòtam amb les dents i fent-lo xiular. Aviat la joguina es feia malbé sota la pressió dels claus i els ullals de na Taylor, i, cada vegada que en trencava un, jo m'aturava a la botiga dels xinesos i n'hi comprava un altre. Tal vegada l'havien morta per això, ara que ho pensava. Tal vegada a algú li molestava que fes xiular l'hipopòtam de goma i havia decidit acabar amb aquell so repetitiu i molest.

El ritme del cor i el de la respiració van minorar, i vaig sentir que el mareig es dissipava. Em vaig posar dret, vaig tornar a fer llum amb el mòbil i vaig continuar caminant galeria endins. El sostre era de volta, com el de les antigues barraques de roter, i aviat em vaig adonar que la galeria es ramificava en tot de passadissos; em vaig determinar a no cedir a la temptació d'entrar-hi i abandonar la galeria principal, per no perdre'm. No caminava per terreny incògnit perquè seguia trobant les parets plenes de pintades, que em servien de senyalització. N'hi havia que només deixaven constància dels noms o sobrenoms dels autors i de la data en què havien baixat a la galeria —algunes estaven datades força anys enrere—, d'altres insistien en la temàtica eròtica o sentimental, i encara unes altres eren de contingut polític: banderes d'Espanya, pintades amb esprais de color vermell i groc, sovint acompanyades de paraules en lloança a la mateixa Espanya i d'un signe que representava un punt de mira. L'aire refrescava més com més descendia, però també es feia notar amb més intensitat la floridura.

De cop i volta vaig veure davant meu, a una distància de poques passes, un raig de llum que travessava la negror de dalt cap a baix, com una columna plantada a un lateral de la galeria. Dins el raig de llum es veia una silueta prima que feia l'efecte d'enfilar-se paret amunt i que no sabia identificar, però que a primer cop d'ull tenia l'aspecte d'una estructura metàl·lica. M'hi vaig acostar com un papalló o una arna s'acosten a una bombeta encesa, i vaig comprovar, com em pensava, que la llum baixava directa a través d'un forat que comunicava la galeria amb l'exterior. L'estructura metàl·lica era una politja mecànica: en acostar-m'hi vaig descobrir que allò que pujava per la paret eren dos rails dentats de ferro que tenien, a la base, un gran tambor, també de ferro, amb un manubri i sis o set concavitats buides dins seu. Dins cadascuna d'aquestes concavitats hi cabia un obús, o la munició que es volgués fer pujar fins a dalt: només calia afegir-hi les corretges per fer girar l'engranatge, que havien desaparegut, i l'enginy encara devia estar en condicions de funcionar. L'altura que cobria la politja devia ser equivalent, més o menys, a la de tres pisos. Maquinària per combatre l'enemic: la politja anava directa a una de les plataformes antiaèries de la superfície, la que jo coneixia, si no m'havia errat. Pels passadissos que havia vist obrir-se a diferents punts de la galeria es devia accedir a d'altres politges construïdes per proporcionar munició a les altres dues plataformes, i segurament també al magatzem. Al costat de la politja, a penes a un metre, hi havia l'escala que permetia als soldats entrar i sortir de la galeria a l'exterior. Just al peu de l'escala tornava a haver-hi deixalles: tabac i restes de porros, botelles de litre de cervesa buides, condons. Pel que es veia, els usuaris de la catacumba repetien la mateixa festa a intervals quasi regulars.

Vaig caminar fins al final de la galeria, i el final va consistir en una reixa que tancava un portal. Darrere de la reixa es veia un pou dins el qual, feia més de vuitanta anys, s'hi havien llençat els enderrocs i la runa resultants de la construcció del polvorí. Em va fer pensar en un pou cec, d'aigües brutes, de claveguera. El clavegueram humà, les latrines per on passen avall els cossos dels vius i els morts. Vaig mirar la pantalla del mòbil i em vaig adonar que ja només disposava d'un dos per cent de bateria. Havia de fer el camí de tornada abans no s'esgotés. Si em quedava a les fosques el perill de perdre'm es multiplicava, i, si em perdia i el mòbil no funcionava, no tindria manera d'avisar ningú. A qui podria avisar, de tota manera? No tenia els números d'en Paco, ni d'en Miro ni na Vera, ni de na Bali ni de na Bue, i, en cas que els hagués tingut, era dubtós que contestessin la meva trucada d'auxili. Sí que tenia el número d'en Caminada, però ell no hauria pogut ajudar-me. Només podia avisar en Rubí, que aleshores sí que devia ser a la seva consulta, amb l'aire condicionat i les làmines explicatives de la vacunació dels gats. A aquelles hores ja devia haver vist les meves trucades del dia anterior, i era ben clar que havia decidit que no valia la pena contestar-me, però jo li trucaria en aquell mateix moment i li diria «Rubí, soc dins un polvorí subterrani de la Guerra Civil a prop d'on està enterrada na Taylor, la vaig enterrar amb l'ajut d'en Paco, que és un exconvicte i es dedica a la talla, fa marededeus de fusta negra». Calia absolutament que fes aquella trucada abans no em quedés sense bateria però el pudor, o un pressentiment, em retenien de fer-la, i mentre apressava el pas em deia que el millor hauria estat sortir aprofitant l'escala, pujar vuit o deu metres a pols per una escala de ferro, desafiant el vertigen, i sortir a la superfície com els presos de les pel·lícules o dels tebeos, que fugien de la presó excavant un túnel amb les ungles o amb una cullereta.

El mòbil es va apagar just quan vaig arribar al passadís inicial, el que sortia del replà a partir del qual s'enfilaven els esglaons, que vaig pujar a les palpentes. Hi havia runa i escombraries, que em feien ensopegar, i en una d'aquestes ensopegades vaig girar un peu. Vaig sentir, sota el peu o a dins, una fiblada punyent, i vaig reprimir un crit de dolor. Em vaig haver d'aturar una altra vegada, contenint la respiració, i vaig témer haver-me fet una lesió que m'impedís donar-me impuls i accedir al forat per on havia entrat a la galeria. Vaig fer un esforç per asserenar-me; després vaig aconseguir pujar alguns esglaons més i em va començar a arribar la llum del sol, que venia del forat de l'entrada. Em semblava que la camisa i els pantalons s'havien tornat de lacre i que se m'aferraven a la pell. Vaig veure que encara duia, al braç dret, les taques del carbó vegetal que havia fet prendre a na Taylor. Vaig seguir pujant esglaons, intuint que m'havien de dur al primer replà: allà podria accedir al forat per on havia entrat, i tindria on agafar-me per enfilar-m'hi. La meva intuïció va ser correcta; mentre cercava el replà, però, vaig llegir una pintada que abans m'havia passat inadvertida: «Skins 88». Dos esglaons més amunt em vaig fixar en una altra inscripció que tampoc havia vist abans, a pesar que era feta amb esprai vermell: consistia en les paraules *white power*, una damunt l'altra, i al mig, entre les dues paraules, el signe de la creu gammada. Em va cridar l'atenció i he cregut que valia la pena mencionar-ho.

Nota de l'autor

Aquesta història s'inspira en la vida —i la mort— del gos Cooper, que va ser un animal noble i alegre.

Dec a Bartomeu Carrió i a Joan Carles Palos, autors del llibre *Els camins de Palma*, que m'acompanyessin a conèixer la infraestructura militar que hi ha (soterrada, en bona part) a Son Orlandis, a la zona de s'Hostalot. I a Maria D. Turpín, que m'ajudés a veure Bellavista amb uns altres ulls.

A tots, el meu agraïment.

S. A.

La col·lecció literària A Tot Vent, fundada a Badalona l'any 1928, té com a logotip, des del primer dia, aquest gravat al boix del pintor Josep Obiols que recorda la goleta María Asunta, construïda a la platja de Badalona el 1858.